**图书在版编目（CIP）数据**

走进阿拉善 / 谭景峰著. —北京：经济管理出版社，2009.9
ISBN 978-7-5096-0685-8

Ⅰ. 走… Ⅱ. 谭… Ⅲ. ①散文－作品集－中国－当代
②诗歌－作品集－中国－当代③摄影集－中国－现代
④阿拉善盟－摄影集 Ⅳ .I217.2 J421

中国版本图书馆 CIP 数据核字（2009）第 119929 号

出版发行：经济管理出版社
北京市海淀区北蜂窝 8 号中雅大厦 11 层
电话：（010）51915602　　邮编：100038
印　　刷：北京印刷集团印刷二厂
经　　销：新华书店
组稿编辑：勇　生
责任编辑：勇　生
责任校对：陈　颖
开　　本：880mm×1230mm/32　4.75 印张　158 千字
版　　次：2009 年 9 月第 1 版
2009 年 9 月第 1 次印刷
定　　价：29.00 元
书　　号：ISBN 978-7-5096-0685-8

# 走进阿拉善

布赫

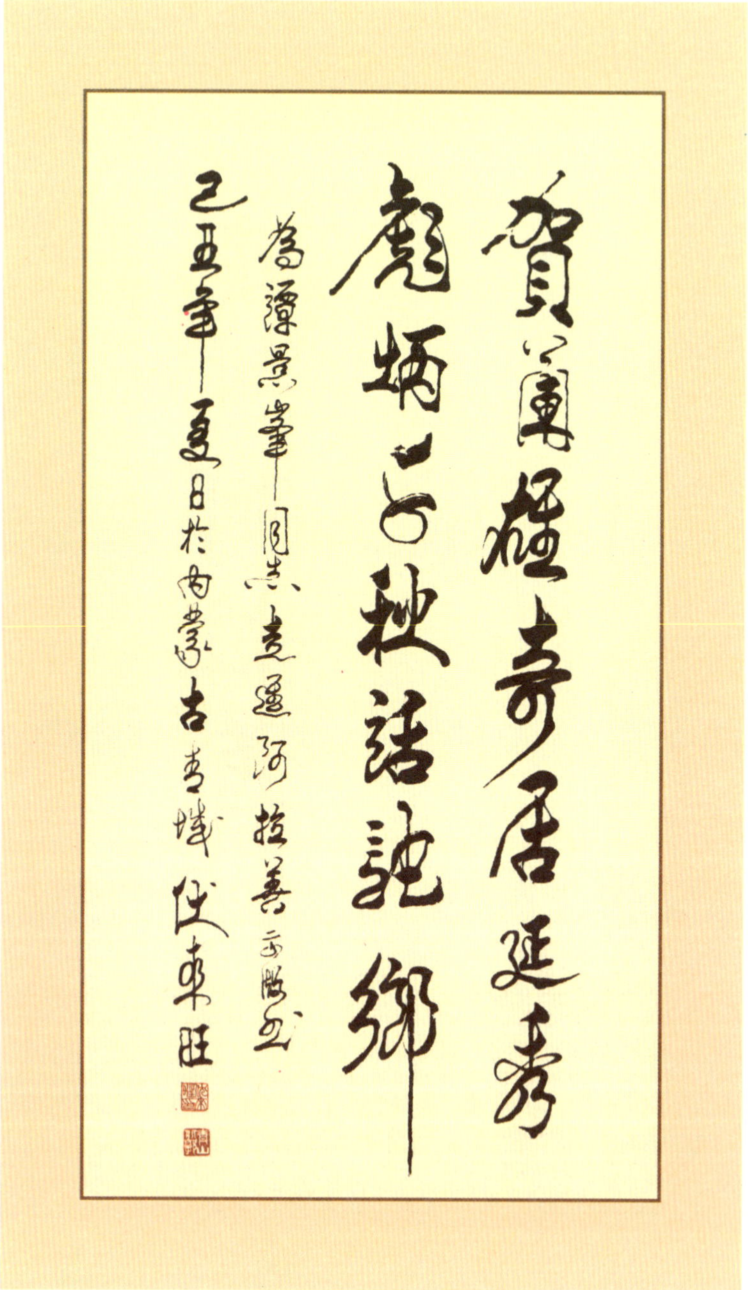

賀蘭凝壽居延秀
鹿城一枝話馳鄉

作者近照

# 序一

景峰同志是从基层成长起来的中青年领导干部。最早是乡镇（当时是人民公社）的一名普通干部，后历任公社团委书记、团县委书记、镇党委书记、副县长、副书记、县长，成为今天的盟（市）领导干部，这样的工作经历为他积累了较为丰富的工作经验。在繁忙的工作中，景峰同志善于学习，勤于思考，多年来，他始终笔耕不辍。

前些天，景峰同志带来了新作手稿，这是他到阿拉善任职五年来，利用调研间隙和工作闲暇，写就的一组反映阿拉善自然历史、风土人情和经济社会发展的散文。

读景峰同志的散文，能读出一种难得的情怀。从郁郁葱葱的兴安岭脚下，走进苍天般的阿拉善，时空的跨度很明显，两地的自然地理环境差别又很悬殊。但能看得出，他努力适应，全力融入，尽力感受阿拉善这方热土。而这些都是以热爱为前提，只有热爱所处的那方水土，热爱那方水土上养育的芸芸众生，热爱自己的本职工作，才可能产生涌动的激情和梦想，才可能不断涤荡自己的心灵，感悟生命的价值，追求卓越的人生。

读景峰同志的散文，能读出一种深远的意境。阿拉善高原的神奇和瑰丽令人向往，他在文章中所描绘并展现给世人的阿拉善传情传神，不仅壮美、神奇，而且深邃、震撼，品读之后，令人久久难以释怀。

读景峰同志的散文，能读出一种特有的精神。阿拉善的博大、厚重是可想而知的，27万平方公里的国土面积，五千年的文明历史，这样寥廓苍茫的时空，他用心感悟和体会阿拉善，勤学多想，敏思善悟，不只充满激情，而且满怀责任。

金秋是收获的季节。景峰同志的散文也多数是在这个季节写就的，因此也收获到了沉甸甸的阿拉善之美。

内蒙古自治区党委副书记、自治区常务副主席

任亚平

2009年6月17日

# 序二

景峰同志的散文集《走进阿拉善》付梓之际，邀我作序，浏览着一行行充满墨香和流露出真挚情感的文字，我由衷地为他感到高兴。

阿拉善是一个神奇美丽的地方，虽然地处偏远、条件艰苦，但广阔的国土面积、悠久的历史文化、独特的地域环境、良好的资源禀赋，使这里多彩而迷人，拥有着无限美好的发展前景。景峰同志将他在阿拉善工作以来的所见、所闻、所感、所思总结凝练、诉诸笔端并收录成书。我感觉这些文章的一个突出特点就是真实性：他结合在阿拉善工作和生活的经历，透过一些视角，以沙漠、胡杨、奇石、工业、国防等一些代表性事物切题，大多采用叙议结合的手法，真实地描绘和展现了阿拉善经济社会、人文历史、自然地理等方面的风貌，真切地写出了个人的一些感悟和体会，使文章具有较强的可读性。作者对阿拉善盟情的认识、勤于思考的良好作风以及对阿拉善的热爱和眷恋之情也在这个过程当中得以显现。

当前，我盟正处在改革发展的关键时期，深入贯彻落实科学发展观，把全盟各项事业继续推向前进，加快建设富裕、文明、和谐阿拉善的步伐，需要我们始终保持一种旺盛的工作热情，通过各种方式，从各个方面更加深入地认识和解读盟情、思考和研究问题、谋划和推进工作。因此，景峰同志能将这几年撰写的散文整理出版，是值得我们提倡和学习的。

中共内蒙古阿拉善盟委书记

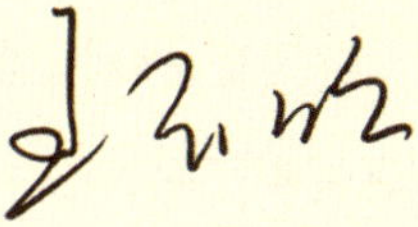

2009年6月19日

# 前言

生命本是一场探索,每一个生命的诞生都具有意义,只看自己如何诠释!

走进阿拉善,我面对的是一个完全陌生的环境,进而也就面临着“方位”与“岗位”的双重重大挑战与考验。学会转念的人,容易克服困难、超越自我、走出彷徨、走向从容。只有这样,心灵质量才可望不断提升,生命也会呈现出新的面貌。

山需一步一步登上去,船需一橹一橹摇出去。千里之行,始于足下。走进阿拉善,我首先把大量精力投入到深入基层、调查研究中去。于是,了解阿拉善成了我的第一要务,这是我走进阿拉善时的最初定位。

在工作中了解阿拉善,在了解中感悟阿拉善,在感悟中解读阿拉善,在解读中热爱阿拉善,在热爱中建设阿拉善。我觉得,阿拉善是自然的荒漠、人文的绿洲。这里地域广袤、历史悠久、文化灿烂、民风淳朴、经济快速发展。

可以用三个视角来概述阿拉善。

用生态的视角看阿拉善，这里是一片荒地，在27万平方公里的辽阔土地上，浩瀚沙漠、茫茫戈壁、荒漠草原约各占1/3，著名的巴丹吉林、腾格里、乌兰布和三大沙漠横贯全境。许多地方荒无人烟，天上无飞鸟，地上不长草，可谓苍茫大地，无垠荒野。

用艺术的视角看阿拉善，这里是一片圣地。这里曾留下“大漠孤烟直，长河落日圆”的壮美诗篇。这里巍巍贺兰山高林茂，幽幽居延诉说兴衰，栩栩岩画如生石上，灿灿胡杨金叶厚重，点点沙湖碧水映天，座座寺庙古香古色……阿拉善王府在这里记录着昨天的故事，东风航天城在这里展示着今日的辉煌，土尔扈特人在这里传承着英雄的未来，阿拉善人在这里建设着美好的家园。这里文化积淀丰厚，文化土壤肥沃。

用经济的视角看阿拉善，这里是一片宝地。这里矿产资源丰富，已发现矿种86个，占全内蒙古自治区发现矿种的76%，湖盐、无烟煤、萤石、奇石等储量居内蒙古自治区首位。这里生物资源多样，有野生植物669种，其中，列内蒙古自治区珍稀名录的有45种；有野生动物188种，其中国家重点保护的动物有37种。这里旅游资源富集而独特，在国家十大类95种基本类型旅游资源中，阿拉善就有八大类55种，其中许多旅游资源，如航天城、世界沙漠“珠峰”、胡杨林等都是全国乃至全球少有的。这里拥有富饶的黄河农业灌区、贺兰山林区、中国第一家机械化盐场、世界第一大金属钠制造厂，等等。

2003年夏，我到过一次阿拉善，可以说是来去匆匆，但印象是深刻而难忘的。也许命运注定我与阿拉善有缘，2004年秋，根据组织上的任命决定，我从绿色科尔沁来到了金色阿拉善，成为了阿拉善人民中的一员。

走进阿拉善，在深入基层、调查研究、做好本职工作的同时，也常常为阿拉善景观秀美的山川、特色鲜明的风貌而震撼，多有不吐不快之感、不写不快之情，把这片神奇的土地给予我的创作灵感表达出来，让更多的朋友了解阿拉善，也是我作为阿拉善人的一份责任。

于是我就漫步……走进……登上……纵越……横跨……环绕……观赏……感悟……解读……将漫步的遐想、走进的深邃、登上的辽阔、纵越的激昂、横跨的豪迈、环绕的舒畅、观赏的喜悦、感悟的情怀、解读的视角记录和描述给读者，算是为读者走进阿拉善当一次导游吧！也是我在共和国成立60周年之际，献给阿拉善的一份礼物。

愿神奇、美丽、富饶的阿拉善能给您带来吉祥！

作者

2009年6月

# 目 录

谭景峰散文选

# 走进阿拉善

# 1 漫步胡杨林

金秋十月，我们一行从阿拉善盟盟府巴彦浩特出发，前往额济纳旗考察。

额济纳旗旗府所在地达来呼布坐落在国家胡杨林保护区西部边

金秋胡杨

缘，有常住人口一万多。随着内蒙古第三大陆陆口岸策克的开通，嘉策铁路的运行，临策铁路的开工建设，东风航天城神舟系列飞船的陆续升空，达来呼布逐渐热闹了起来，流动人口迅速增加，街衢通达，楼房林立，广场宽阔，市场繁荣，已成为祖国西北边疆的一座现代化小城。

我们一行乘车穿越着千里戈壁，经过“天上无飞鸟、地上不长草”的阿拉善高原。在即将到达达来呼布时，眼前突然出现了一片奇迹：胡杨红柳环抱在黑河河畔，一片婀娜迷人的额济纳绿洲，以其绚丽多姿的景色，洋洋洒洒地闯入了我们的视野。让人的眼睛忽地亮了起来，心情美了起来，精神也豁然振奋了起来，似乎人们已走出苍茫的尽头，走进了光明的彼岸，途中荒凉、寂寞给人带来的沉重心情早已荡然无存。

胡杨，也称胡桐，蒙古语称“陶来”。它是第三纪地质变动时幸存下来的古老树种。在我国新疆库车县和甘肃敦煌曾发现过它的化石，距今已有6500多万年的历史了。胡杨也被誉为“活着的化石树”，是国家二级珍稀保护植物，具有很高的科研价值和改善环境的生态价值。胡杨的生命力极其顽强，其根系非常发达，密织如网，最大半径可达到30多米，能从大面积的土地上吸收土壤水分，并将其储存于体内。胡杨林是耐干旱、抗盐碱、锁风沙的“勇士”。目前，仅在我国、独联体和地中海沿岸的少部分地区生长有胡杨，而在我国主要分布在黑河（在额济纳旗境内，也称额济纳河）流域和新疆塔里木河流域。额济纳绿洲的44万亩胡杨林是世界上胡杨树最集中的地区。

2003年1月，经国务院批准建立了内蒙古额济纳胡杨林国家级自然保护区。保护区位于额济纳绿洲，西临额济纳旗旗府达来呼布，北接居延海，东依巴丹吉林沙漠，南与黑城相望。据有关资料记载，保护区内共有维管束植物71种，分属20科54属；有野生动物118种，分属5纲21目43科。这些野生动植物有很多是国家重点保护的物种，其中国家重点保护植物有胡杨、梭梭、肉苁蓉、沙冬青、裸果木和瓣鳞花6种。保护区内重点保护的野生动物有45种，其中国家级保护野生动物9种，内蒙古自治区级保护野生动物36种，国家一级保护野生动物6种，有蒙古野驴、野马、野骆驼、胡兀鹫、雪豹、波斑鸨等。

红柳盛放

层林尽染

车子停在了胡杨林腹地。我们一行兴致勃勃地走进了胡杨林，只见这些胡杨或手牵手成片的，或一枝独秀向天的，高低错落、层层叠叠、斑斑斓斓、漫际天涯，汇成了浩瀚的金色海洋，我们仿佛置身于一片金色的世界。远看，一望无际的胡杨，在蓝天、白云、红日的映衬下金灿灿、光闪闪、亮晶晶……近看，阳光透过茂密的枝叶在地上洒下斑驳的光影，在静谧的树林中，时光好像已经凝滞……驻足在树干边，胡杨高大粗壮的身躯，既给人以沧桑感又给人以坚强感；手捧着金枝叶，胡杨高大繁茂的树冠，既给人以厚重感又给人以力量感。她那绚烂的金黄，超群的品格，把生命的意义渲染得至纯至真、至善至美。陪同的同志告诉我，胡杨又称异叶杨，她在幼龄期，树叶形如柳树叶；在成龄期，树叶形如杨树叶；在老龄期，树叶形如枫树叶。真是神奇无比的一道独具风韵的大漠奇观啊！

弱水胡杨

拍摄着一片片迷人的金黄，记录着一个个美好的瞬间。不知不觉我们来到了黑河边。“黑河”古称“弱水”，就是千古名篇《尚书·禹贡》所记述的“弱水”。眼前，靠河边一棵棵高大挺拔的胡杨倒映在静静的水面上，似倒影又似镶嵌，此刻的水面仿佛是一幅巨大的胡杨画长卷，她的美丽简直无法用语言来表述。万古流淌的弱水，滋养着两岸的胡杨、红柳、绿草、野花……放眼望去，金黄、浓绿、嫣红，相伴相衬，如烟如雾，如诗如画。

离开黑河岸边，我们驱车来到了胡杨林核心区南端。极目远

历史的背影——黑城夕照

眺，一座古城孤独地耸立在茫茫戈壁上，古城西北角几座白塔在强烈的阳光下若隐若现，这就是极具神秘色彩的黑城遗址。黑城平面为长方形，周长约1公里，东西434米，南北384米，两墙中部设有城门，并加筑有瓮城。这里出土的居延汉简，见证着历史的变迁，见证着两千年的文明和昔日的繁荣，是阿拉善人的骄傲。黑城是古丝绸之路上现存最完整、规模最宏大的一座古城。据史料记载，西夏政权曾在此设置了“黑山威福军司”。公元1286年元朝在此设置了“亦集乃路总管府”，扩筑了城池，管辖西宁、山丹两州，是北走上都、西抵哈密、南通河西、东往大都的交通要冲和政治经济的中心。到公元1372年，明朝大将冯胜攻破黑城后，不久又将其放弃。地处荒漠戈壁上的黑城，几经战火劫掠，朝代更迭，结束了昔日极尽繁华喧闹的历史，淹灭了旌旗鼓角、金戈铁马的战争硝烟，从此沦为一座死城，伴着戈壁清风冷月、大漠孤烟落日，一睡就是数百年。这一切只有胡杨才是真正的目睹者、陪伴者、见证者。

从黑城返回达来呼布，途经一片毫无生命的、一眼望不到头的枯木“森林”，人称“怪树林”。这望不到尽头的枯死了的胡杨，千姿百态，似在诉说着什么，似在解释，似在质问。相传，驻守在黑城的黑将军，一日遭大军围困，黑将军率众将士与来犯之敌做了殊死搏斗。敌军为置黑将军于死地，将黑河水改道，让黑城断绝水源。后来，成片的胡杨因干旱而枯死，数百年来，风沙鬼斧神工地将她们塑造成了一幅幅钢筋铁骨般的造型，将永远保持着那惊心动魄的姿态。把不屈的品格永恒地矗立在了苍凉的荒漠上，昭示着她们对生命的渴望。

最后的武士——怪树林

居延碧波

第二天清晨，我们驱车来到了胡杨林核心区北端。从去策克口岸的公路上向右转弯后不多时，一片波光粼粼的水面出现在眼前，这就是著名的“居延海”，也称“苏泊淖尔”，她是源于祁连山的黑河的归宿地。她也曾因黑河断流而干涸过。如今在党中央、国务院的关怀下，再现了滚滚波涛。现在，居延海已有水面48平方公里，“海”边芦苇摇曳，“海”面鸟儿嬉戏，“海”中鱼儿活跃，一派生机盎然的景象。居延海已成为胡杨林北端戈壁上的一颗熠熠闪光的明珠。因此，额济纳人民用“小小居延海，连着中南海”的标语牌，表达了边疆少数民族地区对党中央、国务院亲切关怀的感激之情。

神　树

正午的阳光照射在具有传奇色彩的“神树”上。我们一行人从居延海赶到树边参观，只见这棵参天大树虽已800多岁，但仍枝叶繁茂，树干需6个人手牵手才能合抱。相传，在300年前，从伏尔加河回归祖国的东归英雄蒙古族土尔扈特部的部分人定居在了额济纳绿洲。一日，王爷的夫人打算做一只奶桶，就命工匠锯下这棵胡杨树南侧的一根枝干，奶桶做成了，夫人的左脚大拇指却溃烂了，任凭怎样用药，不论如何念经，伤口就是不愈合，王爷和夫人很是忧愁。不久，来了一位高僧，听说夫人的病情后，就在这棵树

神树族群

下附近仔细观察，终于发现了胡杨“树神”。就对夫人说：“你锯了‘神树’的左脚趾，神仙当然要惩罚你了，现在只有大念经文，我佛慈悲，或许可以免灾吧！”于是，高僧召集众僧侣，高声念经达七天七夜。说来也怪、也巧，从此以后，夫人的脚伤居然好了。从此，这棵树就成了人们心中的“神树”，年年月月有人来此祭祀。

胡杨倒影

现在，这棵神树已高达27米，一直保持着旺盛的生命力，在30多米的范围内，从“神树”发达的根系中，又分蘖出5棵粗壮的胡杨树，牧人们把他们称为“母子树”。牧人们也常常虔诚地来到“神树”前，诵经祷告，祈求风调雨顺、草畜兴旺，因此，“神树”前也常常香火缭绕，诵经声声，树影婆娑，神秘色彩又增添了几分。

胡杨，是一个神奇的树种，也是一个多变的树种，春天淡绿、夏天深绿、深秋金黄、冬天紫红；胡杨，又是一个顽强的树种，有“活着千年不死，死后千年不倒，倒后千年不朽”的美誉。漫步在胡杨林里，她那妩媚的风姿、倔强的性格、多舛的命运激发人们太多的诗情和哲思……

夕阳已把胡杨林染成了金红色。此刻，胡杨环抱着的达来呼布，晚风轻拂，枝头摇曳，毡房点点，炊烟缕缕，乳香飘飘，牧歌声声……漫步在美丽的黑河河畔、胡杨林里，似乎人在画中，画在人间。金色的额济纳，富饶的黑河水，雪白的棉花，香甜的蜜瓜，让人如醉如痴，如梦如幻……

胡杨，你是一种精神；

胡杨，你是一种力量；

胡杨，你是一片净化心灵的海洋。

牧群晚归

红地毯

牧羊姑娘

# 2 走进航天城

2008年9月25日晚，东风航天城一派繁忙景象，夜幕下，高大的发射塔架被灯光照射得一片通明，远远望去像一座水晶宫殿，光彩照人，在黑茫茫的戈壁滩上显得格外璀璨夺目。

随着一声惊天动地的轰鸣,一团巨大的火焰点亮了静谧的夜空,一片蒸气伴着滚滚热浪点缀了蓝蓝的夜色,只见神舟七号飞船拖着长长的火舌，画出优美的曲线，腾云驾雾向着宇宙深处呼啸而去，在夜幕中划出一道耀眼的轨迹，转眼间飞船变成了一条火龙冲进了浩瀚的苍穹……苍穹里，每一颗星星都在

神舟七号发射升空

深情凝视；地面上，千万双眼睛都在仰空追踪。

21时10分，我随内蒙古阿拉善盟党政代表团荣幸地见证了伟大祖国那神圣庄严的一刻，只觉得心潮澎湃、热血沸腾……

从额济纳旗旗府达来呼布出发，经过平坦无垠的茫茫戈壁，感受着“遥远的海市蜃楼，驼队就像移动的山，神秘的梦幻在天边……”的辽阔意境，品味着苍天般阿拉善的博大、深远、神秘，行车约70分钟后，一座具有现代化气息的花园似的航天城便呈现在了我们的面前。

航天城中心广场雕塑

东风航天城毗邻古丝绸之路上的重镇酒泉，西有长城尽头嘉峪关和世界著名艺术宝库敦煌，南有张掖、武威古城，北有居延古战场。场区冬季严寒漫长，夏季酷热难耐，在恶劣的自然条件下，基地官兵艰苦创业、无私奉献，谱写了一曲又一曲航天赞歌。

当年为了国防事业特殊使命的需要，被命名为“中国酒泉卫星发射中心”。实际上，这里地处黑河环绕、胡杨簇拥着的额济纳戈壁滩。当年，额济纳人民为了支持祖国的国防建设，赶着骆驼、羊群将旗府和家园向北迁移了150公里。为基地建设倾注了大量心血

聂荣臻元帅为基地的建设倾注了极大的心血

的聂荣臻元帅曾深情地说："额济纳旗各族人民为了祖国的国防建设做出了巨大牺牲，我们一定要在适当的时候回报他们。"

东风航天城，是中国人民解放军的第二十试验训练基地。1958年，经党中央和毛泽东主席批准，以中国人民志愿军第二十兵团机关和国防直属部队为基础建立起来的，是我国创建最早、规模最大的综合性导弹、卫星、飞船的发射试验基地。

火箭发射塔架

走进"东方红卫星发射场"（也称2号卫星发射阵地），有一种无比自豪的感觉。天空，蔚蓝而高远，偶有一团棉絮般的白云飘然而过，

敦煌壁画——飞天图

敦煌壁画——九色鹿

问天阁接见厅

太阳把它的光和热无私地照射下来；地上，饱经风霜、高大的发射架昂首挺立着。身临其境，不由得回忆起了我读小学一年级时，坐在操场上和同学们一起收听中央人民广播电台播放的我国第一颗人造地球卫星飞上太空、东方红乐曲响彻全球那激动人心的时刻……这个发射场，始建于1966年，是“东风三号”中程导弹全程试验、“东风四号”导弹初期试验和“东风五号”洲际导弹飞行试验的发射场，同时，也曾是卫星飞行试验发射场。“东方红”号卫星就是从这里发射升空的。

这个“功勋靶场”，现已退役，成为中国航天事业创建、发展的历史见证，将永远矗立在广袤的戈壁滩上。

走进问天阁，人间一股英雄气扑面而来。这里是航天英雄出征前居住和活动的场所。“问天阁”取自于宋朝苏东坡《水调歌头》：“明月几时有？把酒问青天，不知天上宫阙，今夕是何年？

我欲乘风归去，又恐琼楼玉宇，高处不胜寒。起舞弄清影，何似在人间。” 寓意航天人探索太空的勇气和追求。

在问天阁大厅的墙壁上，有两幅动人的壁画，一幅是敦煌莫高窟的飞天图，另一幅是九色鹿，都是由敦煌著名画家王亚玲临摹而成的。在这之前，我有机会参观过中国古代“飞天”的故乡敦煌，亲眼目睹了莫高窟艺术珍品中那幅寄托着中国人飞向太空梦想的飞天形象。飞天的夙愿，中国人想了千年、盼了千年、等了千年，如今“神五”、“神六”载人飞船的成功发射，“神七”航天员的太空潇洒漫步，终于使我们中国人梦想成真了。

航天员住所整齐而简洁，特别吸引我们的是航天员出征前在门板上的留言，这留言是誓言，也是壮行感言，寓意着航天员为实现中国人飞天梦想的宏伟抱负。走进设计精巧的接见厅，前方可见一个半圆形的用玻璃罩隔起来的小厅，小厅内的墙壁上挂着一面庄严的五星红旗，航天员出征前就是在这个玻璃罩小厅里和首长挥手话别的。“神舟五号”发射前，胡锦涛主席也是在这里为杨利伟壮行的。大家边参观边排队照相，在这中华民族圆梦的地方，亲身感受了中国航天员出征前庄严而神圣的气息。

走进神舟飞船发射场，眼前那两座庞然大物让人震撼，在茫茫戈壁上更显雄浑博大，真有气吞万里的气概。

高达93.46米的垂直总装测试厂房是技术区的主要建筑物，建筑面积30600平方米。高大的厂房如同一座超级大酒店，奇迹般地屹立在空旷的戈壁滩上，显得十分耀眼。高达105.52米的发射塔架气势雄伟，是亚洲第一高、世界第三高的火箭发射塔。它与蓝白相间的双工位垂直测试厂房遥遥相对，通过条条像脐带一样的管道给火箭加注燃料、供电、供气、提供消防。听到这些介绍，我们为场区建设已达到国际先进水平而感到无比自豪！

走出神舟飞船发射场，我们一行怀着无比崇敬的心情，来到了张爱萍将军亲笔题写园名的“东风革命烈士陵园”，向为中国航天事业作出杰出贡献的英烈们敬献了花篮。十万将士苦战漠野，千百官兵血染沙场。“东风革命烈士陵园”安葬着中国人民解放军第二十基地、工程兵7169部队、空二基地等部队的共607名官兵、职工家属。基地首任司令员孙继先将军就在这里长眠。

陵园正前方是聂荣臻元帅的陵墓。这里已成为基地凭吊先烈、缅怀伟业、进行光荣传统教育的重要场所。聂帅是共和国的开国元勋和我国国防事业的主要奠基人之一，他亲自主持、领导了基地的创建工作，并始终关注着基地的建设和发展，先后四次亲临基地指导尖端武器的试验和部队的现代化建设。聂帅对我国国防科技事业和国防科技人员有着特殊的感情，生前特意嘱咐要将骨灰留在这

东风革命烈士陵园

里，表达了他对国防事业所寄予的殷切希望和深深的眷恋。聂帅纪念碑正面镌刻着江泽民同志亲笔题写的碑文，背面是由著名书法家厉国香女士用楷体书写的共有1152个字的概述聂帅光辉一生的碑文。风萧萧，弱水寒，一代元戎从此在这中国尖端科技事业的奠基之地，一如既往地催动千军万马，向一个更为波澜壮观的战场进发。

走进历史展览馆，一幅幅照片、画报、题词，深刻地见证着这里的光荣；一件件实物生动地述说着创业的艰辛。穿越时空的隧道，我们仍然可以清晰地听到、看到……

——1958年2月14日，中央军委听取了勘察组的汇报，同意在额济纳旗建立陆上导弹试验靶场。26日，毛泽东主席在中央军委关于选定导弹靶场的报告上作了批示。3月3日，邓小平总书记在报告上作出了批示。至此，兴建东风导弹试验靶场的决策已定。这个悄悄来临的春天，成为东风场区50年光辉历程的起点。

——1958年3月，党中央、毛主席一声令下，九路大军奔赴祖国大西北，在茫茫戈壁滩上拉开了创建中国第一个导弹试验靶场的序幕。投身于这项伟大工程的部队，有工程兵司令员陈士榘将军、铁道兵副司令员李寿轩将军、第二十兵团代司令员孙继先将军所指挥的部队，有北京、兰州建筑公司，有总部派出的特种工程部队共十万大军。为了基地的创建，他们住帐篷、喝咸水，风餐露宿，日夜奋战，开始了艰苦卓绝的创业历程。

——1959年8月，基地与空军联合组织苏制C—75地空导弹检验性射击；同年12月，又与空军共同组织了苏制50甲空空导弹发射训练，为进行导弹发射试验探索了初步经验。

——1960年9月10日7时42分，当“点火”的命令下达后，导弹腾空而起。10分钟后，传来落区测量站的报告，导弹按程序飞完全程，准确命中预定目标区。在举行首枚导弹发射成功庆祝会上，聂荣臻元帅高兴地说：“今天，在祖国的地平线上，起飞了我国自己制造的第一枚导弹，这是我军装备史上的一个重要转折点，从此以后，我们有自己的导弹了！”首战告捷后，全体指战员斗志昂扬，于1960年11月5日至12月16日短短40天的时间里，又连续发射3枚国产1059导弹，均获成功。国产1059导弹，又称“东风1号”导弹，是我国自己制造的第一枚导弹。

——1966年3月11日，中央军委第15次会议决定，进行导弹和原子弹“两弹”结合试验。周恩来总理为这次试验提出了“严肃认真、周到细致、稳妥可靠、万无一失”的要求，聂荣臻元帅专程来到基地，坐镇指挥这次震惊世界的重大发射任务。10月27日上午9时整，总指挥一声令下，核导弹猛烈轰鸣、腾空而起。遥远的罗布泊核试验区响起一声惊雷，核弹命中目标，巨大的蘑菇云冉冉升起，“两弹”结合试验成功，标志着我国的国防科学技术进入了一个新的阶段。

——1970年4月24日21时35分，又是一个庄严的时刻。当发射控制台操作员胡世祥按下发射按钮瞬间，大地震撼，轰鸣仿佛山崩海啸，托着卫星的运载火箭带着中华民族的美好愿望一同起飞，基地官兵欣喜地收听到了卫星发回地面的“东方红”乐曲。星辰辉映的河汉间，终于有了属于中华民族的一颗会发光、会唱歌的星星。至此，中国成了世界上第五个掌握卫星发射技术的国家，实现了毛泽东主席在党的八届二中全会上提出的：“我们也要搞人造卫星”

的宏伟抱负。这颗卫星的发射成功，在中华民族的历史上筑起了第一座航天丰碑，同时，也拉开了中国人进军太空的序幕。

——2003年10月15日9时整，承载着我国首位航天英雄杨利伟的“神舟五号”，如一声惊雷震撼茫茫戈壁，火箭和飞船伴着烈焰挣脱大地的引力，踏上了中华民族探索太空奥秘的飞天旅程。飞船按计划绕地球飞行14圈后，一道闪亮的弧线划破天空，“神舟五号”似仙女下凡，安然着陆在内蒙古中部四子王旗大草原。杨利伟自主出舱，我国首次载人航天工程获得圆满成功。

基地，是承载光荣与使命的地方，是有奋斗、有牺牲的战场，也是官兵与恶劣环境不懈抗争开创美好家园的地方。

在驻地政府和各族人民群众的大力支持下，在历代基地官兵的辛勤努力下，昔日“地上不长草，风吹石头跑”的荒凉景象已经被一座美丽的航天城所代替。随着航天事业的飞速发展，航天城的美景更多了。无论是早建的银河广场，还是后建的航天纪念塔，以及新建的神舟友谊大桥等，都骄傲地向世人展示着这里50年来取得的辉煌成就。走进航天城，眼前，宽阔的广场、整齐的楼房、美观的灯饰、迷人的绿茵，街景、公园、剧场、水库，似一幅幅风光旖旎的多彩画卷展现在了茫茫戈壁滩上。

如今的东风航天城，商场、银行、电信、邮局、书店一应俱全，医院、电视台、游泳池、农贸市场应有尽有，幼儿园、小学、中学、中专健全配套，已经成为一座名副其实的城市。

50多年来，基地得到了党中央、国务院、中央军委的高度重视和亲切关怀。1970年5月1日，毛泽东同志亲切接见了发射“东方红”卫星的参试代表；周恩来同志曾先后5次视察基地，为基地发展倾注了大量心血；1966年3月26日，邓小平同志亲临基地视察；1992年8月10日至11日和2002年3月25日至26日，江泽民同志两次视察基地，并亲笔题名“东风航天城”；2003年10月15日“神舟五号”发射，2008年10月25日“神舟七号”发射，胡锦涛同志两次亲临现场，为航天员壮行。

50多年来，基地在原国防科委、国防科工委和总装备部的领导下，发扬“艰苦创业、无私奉献、科学求实、开拓进取”的东风精神，建立起了比较完善的科研试验体系，培养造就了一支“特别能吃苦、特别能战斗、特别能攻关、特别能奉献”的过硬的科研试验部队。截至2008年12月5日，东风航天城先后发射导弹近千发，发射卫星43颗和“神舟”飞船7艘，各种小型火箭146发，成功地将6名航天员送上太空，创造了中国航天史上“十个第一”的光辉业绩，为创建和发展我国“两弹一星”事业、载人航天事业和我军武器装备现代化建设作出了卓越贡献，东风航天城将继续朝着“建世界一流航天中心、国家重点武器靶场”的目标迈进。

航天城展新颜

伟大的事业孕育伟大的精神，伟大的精神激励伟大的航天人。在基地创业发展的卓越历程中，一代代东风人，扎根戈壁，矢志航天，充分体现了中华民族自强不息的伟大精神，极大地激发了中华民族的自豪感，祖国和人民永远不会忘记，阿拉善高原永远不会忘记……

东风航天城，你圆了中国人的千年飞天梦；

东风航天城，你挺起了中国人的钢铁脊梁；

东风航天城，你是炎黄子孙心目中的骄傲。

2003年10月15日9时整，“神舟5号”载人飞船从位于内蒙古自治区阿拉善盟额济纳旗境内的东风航天城发射升空

航天城日出

# 3 登上贺兰山

金秋九月，我有机会登上了向往已久的贺兰山。一踏进险峻的三关，看到逶迤绵延的长城，不能不令人触景生情，学生时代朗诵过《满江红》中的“驾长车，踏破贺兰山阙……”岳飞那气壮山河的词句仿佛还在耳边萦绕。

云雾贺兰

“贺兰”蒙古语释意为“野骏马”。贺兰山位于内蒙古阿拉善盟与宁夏的交界处，是一座东北西南走向的山脉。南北直线长度约250公里，东西宽20公里到40公里不等，总面积约8700平方公里，近80％的山脉在阿拉善盟境内，海拔多在2000~2500米，是内蒙古高原和宁夏平原的一道天然屏障。从走势上看，贺兰山的北部与中部山体海拔较高，分布此间的峡谷也较幽深而险峻，山脉的南部地势则相对平缓，逐渐与黄土高原所融合，北部逐渐被乌兰布和沙漠所淹没。位于阿拉善盟府巴彦浩特正东的“达郎浩绕”（也称“敖包疙瘩”或“沙锅洲”），海拔3556米，是内蒙古境内的第一高峰。

贺兰山气势雄伟，风光秀丽，山涧清泉潺潺，山上林涛阵阵。每到春季，百花芬芳，万树竞翠，姹紫嫣红的丁香花、山丹花、野桃花争奇斗艳；金秋时节，果实累累，丰收在望，玛瑙般的樱桃、山杏、野葡萄挂满枝头，绽红吐绿，令人心醉。有人总结说，盛夏游览贺兰山，一天就可以感受四季：在南寺寺庙区域烈日炎炎，酷热难耐；在雪岭子则是清风扑面，犹如春秋季节；到了笋布尔峰，却又寒气袭人，偶尔还有零星飘雪，俨然初冬时节。

走进大山深处，映入眼帘的是茫茫林海，一幅酷似我的故乡大兴安岭林区的勃勃生机景象。据介绍，这就是贺兰山国家级自然保护区，这里分布着种类繁多的野生生物资源。在保护区内有植物资源达690多种，其中具有药用价值的就有100种，如黄芪、土沉香、瞿麦、地榆、玉竹等；属重点保护的植物有25种，如阿拉善苜蓿、斑籽麻黄、贺兰山南芥、蒙古扁桃、阿拉善黄芩等；属濒危植物的有10种，包括松潘叉子贺柏、花叶海棠、西北沼委陵菜、青杨、文

生机盎然

冠果、黄花忍冬、甘草、霸王、凹舌兰、油松。贺兰山拥有森林近百万亩，其中在保护区内就有天然次生林50多万亩。主要树种有青海云杉、山杨、山榆、油松、杜松等。贺兰山有野生动物177种，其中兽类、两栖爬行类62种，鸟类115种，属国家级保护的珍稀动物16种，如黑鹳、马鹿、石貂、蓝马鸡、猞猁、岩羊等。

远眺，波涛似的林海，层层叠叠；近看，宝塔形的云杉，郁郁葱葱；脚下，地毯似的草甸，野花点点；山间，奔跑着的岩羊，生机勃勃。一幅原生态的大自然的和谐画面，生动迷人，美不胜收。贺兰山生物资源多样，保护的资源丰富，特别是青海云杉水源涵养林被列为重点保护森林。前些年，由于过度樵牧、开采和狩猎，使贺兰山遍体鳞伤、日渐憔悴，保护贺兰山刻不容缓。1992年10月，国务院批准成立了内蒙古贺兰山国家级自然保护区，于是实行封山禁牧、退耕还林、退牧还草、生态移民……贺兰山得到了休养生息，再现了往昔草茂林密、泉水欢唱的美丽景象。贺兰山是巴彦浩特的母亲山，山系内的森林资源是沙漠边缘的“绿色宝库”，完整的森林生态体系在涵养水源、保持水土、抵御风沙东侵、调节周边气候、保障当地农牧业生产、促进经济稳定发展等方面具有不可估量的作用。

“有三条清澈的小河，从巴彦浩特流过，有三个穿红衣裳的姑娘，从沙漠到北京去上学，有三条清清的小河，哺育着我们的牛羊骆驼……”（三条小河就是从贺兰山上流下的泉水）著名诗人李季的诗写出了贺兰山对巴彦浩特人的恩赐。特别是当阿拉善人多次遭到沙尘暴、干旱的袭击后，才更加深刻地体会到，原来蓝天、碧水、青山、绿草对人类是如此重要，失去了贺兰山，巴彦浩特人就将失去生存和可持续发展的依托。

林海听涛

从绿草茵茵、野花争芳、森林茂密的雪岭子沟深处走出，车子行驶在弯弯曲曲的盘山路上，远山的悬空寺、路边的鸵鸟松、前方的蛇崖山匆匆掠过，不多时，前面再现了一片群山环抱着的开阔地，一座

贺兰秋色

规模宏伟的建筑群出现在眼前。陪同的朋友告诉我，这就是广宗寺，建在六世达赖曾经讲经弘法的地方，原名阿大希迈德里庙，其藏名称为“葛丹吉楞”，因其坐落在巴彦浩特以南的贺兰山脉中，还被称为“南寺”。该寺有6个属庙，是阿拉善八大寺庙中名望最高的寺庙。该寺始建于乾隆二十二年（公元1757年），系由班自尔扎布台吉之子阿旺多尔济遵照师傅六世达赖喇嘛遗愿所建。寺庙间有大小庙宇15座，共2000多间，庙与庙之间则配以吉萨（仓库）、僧房等。伙房内安有1吨多重的青铜铸锅，可容纳4吨多水。寺庙建成后，从超格图呼热庙（昭化寺）请来六世达赖法体葬在这里，后来又将其真身舍利供奉在庙里，使六世达赖又回到了他当年心爱的讲经弘法的地方，圆了他的一个心愿。乾隆二十五年（公元1760年），阿拉善第三代王罗卜桑多尔济上报清廷理藩院，御赐用蒙、汉、满、藏四种文字书写的“广宗寺”匾额，从而取代了阿大希迈德里庙的原名。道光年间进

广宗寺

雪映贺兰

行了扩建，同治八年（公元1869年）在兵乱中被烧毁，光绪年间修复，“文革”时再次遭到严重毁坏，后逐渐修复，现有庙宇、僧房70多间。

我们一行步入主殿黄庙，点燃了酥油灯，分别上香礼拜后，又顺时针绕转经筒一周，接下来又做了短暂的参观。走出黄庙，可见广宗寺四面群山环抱，建筑错落有致，周围青松点缀，寺庙前溪流如带，站在黄庙前高高的平台上向远方眺望，茫茫腾格里沙漠若隐若现……

与“南寺”对应的还有“北寺”。在贺兰山脉中部，巴彦浩特以北25公里处还有一座寺庙与广宗寺遥相呼应，该庙称“福音寺”，也因在巴彦浩特北部而被称为“北寺”，是由阿拉善王之子在皈依六世班禅后创建的。寺庙原名为“准黑德”，建于清嘉庆九年（公元1804年），嘉庆十一年（公元1806年），阿拉善第五代王

福音寺

玛哈巴拉以工程告竣上报了理藩院，嘉庆皇帝赐名“福音寺”。从此，“福音寺”就渐渐闻名遐迩了。

“福音寺”有大小庙宇15座，建筑物100余栋，亭、堂、殿、阁，自成体系。主庙旁边配有一座白塔，与之交相辉映。各庙加上僧房、吉萨，共有1498间，规模也颇宏大。寺庙周围丘陵起伏、山泉回绕、松柏常青、草木繁茂、鸟语花香、景色迷人，是阿拉善的又一旅游胜地。

贺兰山矿产资源十分丰富，主要分布在“北寺”以东，有贺兰石、镁、铁、锰、铬、铝、磷、石棉、硅石等，现已发现煤炭储量13亿吨，煤种主要有无烟煤、烟煤、焦煤、气煤、肥煤。阿拉善盟的骨干企业之一内蒙古太西煤集团股份有限公司就坐落在这里，其主营的“兰山牌”太西无烟煤，具有低灰、低硫、低磷、高发热量、高化学活性、高比电阻、高机械强度、高块煤率、高精煤率等“三低六高”的特性，属世界优质煤种。目前，太西煤集团已发展成为集无烟煤、烟煤、长焰煤、石墨、白云岩、金属镁、铁合金生

太西煤集团总部

产和销售为一体的大型企业集团公司。

贺兰山岩画（动物）

走出广宗寺，沿着崎岖的山路缓缓前行，山路两旁的悬崖峭壁上一幅幅岩画惟妙惟肖，如生石上。据介绍，这只是贺兰山岩画的一小部分。规模最大的岩画在距银川市区56公里处的贺兰口岩画风景名胜区，那是贺兰山岩画的荟萃之地。

贺兰山岩画（太阳神）

贺兰山奇峰叠嶂，山势险峻，溪流潺潺，风景如画。在山口内外分布着5000多幅岩画，它记录了远古人类在10000年前至3000年前放牧、狩猎、祭祀、征战、娱乐等场景，以及牛、羊、马、驼、鹿、狼、虎、豹等多种动物图案和抽象符号。其中人面像岩画就有700多幅，这些画像笔法简洁、构图奇异、造型粗犷，男人们有的头长犄角，有的插着羽毛，有的戴尖形或圆形帽；女人们有的戴着头饰，有的挽着发髻，风姿秀逸。引起我们一行特别注目的是一幅环

西夏王陵

眼阔鼻，双目圆睁，头部与眼部均有射线状的人面画像，它就是贺兰山岩画中最具代表性的岩画——太阳神，该作品用粗重圆滑的线条塑造了一个形神兼备的神灵形象，虽饱经沧桑，但画面依然活力四射，神圣威严。岩画揭示了原始氏族部落自然崇拜、生殖崇拜、图腾崇拜、祖先崇拜的文化内涵，是研究中国人类文化史、宗教史、原始艺术史的文化宝库。在绵延500里的贺兰山中，已发现的岩画数以万计。这些岩画是我国北方地区岩画艺术中的杰作，千万年来犹如一颗艺术的明珠镶嵌在山石之上，是我国西北边疆一处十分美妙的人文景观和艺术画廊。这规模宏大的岩画群，以其表现形式丰富，分布区域集中，文化内涵深厚而名冠世界岩画群之首，已被联合国教科文组织列为非正式世界文化遗产，吸引了大批的专家、学者和中外游客。

贺兰口不仅是古代岩画的富集之地，也是原始游牧民族文化积淀丰富的古村落所在地。以“范家大院”为主的古村落及其古代建筑呈扇面分布于沟口外台地上，这里除了有大量岩画外，还发现有原始人类居住的山洞及房屋遗址、祭坛、古代北方游牧民族的圈石墓以及反映生殖崇拜的石砌构筑物等。同时，在景区内还分布有西夏寺庙建筑遗址、明代水关、明代石砌哨口、清代龙王庙、土地庙等古建筑。在贺兰山东南麓荒凉而寂寞的开阔地上，还坐落着中国现存规模最大、地面遗迹保存较完整的帝王陵园——西夏王陵。陵区里分散排列着9座帝王陵和200多座西夏皇亲贵戚陪葬墓，每一座帝王陵原先都是一组独立完整的建筑群。昔日的西夏陵园阙台高耸、碑亭林立，献殿富丽堂皇，陵塔巍峨肃穆，整个陵区青砖绿瓦，金碧辉煌。

正午时分，我们登上了贺兰山主峰。此刻，脚下是一望无际的茫茫云海；头上是万里无云的蓝蓝太空。驻足这大山之巅，置身于“一览众山小”的主峰的平台上，沐浴在花草的清香中，聆听着松涛与山涧的合奏乐章，让思绪无任何限制的自由翱翔……惊奇、神秘、粗犷、肃穆的感觉涌上心头。此刻，你不仅能领略到贺兰山的雄伟，大自然的秀美，动植物的富集，古岩画的神秘，你还会陶醉于贺兰古道、古村落、古长城、古王陵等厚重的文化氛围中，仿佛听到了岳家军战车的隆隆，成吉思汗大军铁蹄的铮铮。虽然，历史淹没了黄尘古道，岁月远去了鼓角争鸣。但是，眼前你仍可以真实地看到，万里长城巍然屹立在蒙宁交界处，用残垣断壁记录着历史的兴衰；千里黄河滚滚穿过宁夏经阿拉善东沿静静地流入河套平原，用波涛诉说着千年的故事……

亘古以来，贺兰山就是我国北方少数民族生活、创造的地方，匈奴、鲜卑、敕勒、吐蕃、突厥、党项、蒙古……一支支游牧民族在这里繁衍、生息；汉、唐、西夏……一个个朝代在这里更替……

这里，曾经有过悠久的历史；

这里，曾经有着灿烂的文化；

这里，今天正在演绎着民族复兴的光辉篇章。

贺兰山主峰（海拔3556米）

俯瞰贺兰山云海

# 4 纵越巴丹吉林

初冬时节，我与考察组一行9人乘沙漠王越野吉普车，开始了向往已久的巴丹吉林沙漠探险考察。

巴丹吉林沙漠位于内蒙古西部阿拉善盟境内，总面积4.7万平方公里，其中阿拉善右旗境内有3.5万平方公里，海拔高度1200~1600米，相对高度在200~500米，主要由剥蚀的低山丘陵与山间凹地相间组成，第四纪沉积物普遍覆盖了地表，形成了广泛分布的沙漠。形态分为新月形复合沙丘、金字塔状沙丘和大沙山三种，以高、陡、险、峻闻名，奇峰、鸣沙、湖泊、神泉、寺庙被称为沙漠“五绝”。另外，西北部还有1万多平方公里的地域尚无人类涉足。

晨曦下的巴丹吉林

“巴丹吉林”是蒙古语的音译。相传在很久以前，有一个名

美丽的巴丹湖

叫巴丹的蒙古人，因迷路闯进了沙漠，他在沙漠中艰苦跋涉，偶然间发现了水草丰美、景色瑰丽的湖泊，后来人们把他发现的第一个湖泊命名为“巴丹湖”，他先后在大沙漠中发现了60个湖泊（当地人称为“海子”），蒙古语“60”发音为“吉林”，于是，人们就把这个大沙漠命名为“巴丹吉林”。

清晨，我们从阿拉善右旗旗府所在地额肯呼都格镇出发，不到一小时，就来到了巴丹吉林大沙漠的边缘，经中转站后很快就开始了沙漠探险。身临大沙漠，远眺犹如波涛汹涌的大海，近看好似波光齐整的鱼鳞，行走的车子就像在波涛中颠簸的一叶小舟。随着沙丘的蜿蜒起伏，车子剧烈地腾越跌宕着，心里不由得一阵紧似一阵。不多时，探险带来的紧张感便渐渐消失了，随之而来的是紧张刺激后的兴奋。忽然，不远处闪现出一片水草丰美、景色秀丽的沙湖，水湛蓝湛蓝的，像用染料刚刚染过似的。湖看起来并不大，但感觉湖随车行，真是美不胜收。到了湖边驻足

远眺沙湖

观赏，沙山倒映，远看是沙，近看是水，水面一下子就阔大了起来。陪同我们考察的巴雅尔和革命二位同志告诉我，这就是著名的巴丹湖。

我们继续北上，又经过了几个小湖，访问了几家牧户，当我问起他们是什么时候来到巴丹吉林居住时，回答都说是祖祖辈辈就在这里，具体时间说不清楚。这里是一片水面、一户人家、一群羊、一群骆驼、一个太阳能蓄电池板、一个电视卫星接收天线，牧人们过着路不拾遗、夜不闭户、无忧无虑、既原始又现代的生活，悠闲自得，其乐融融。

正午时分，大家共同动手，在沙漠里拣来梭梭、沙蒿、花棒等干柴，众人拾柴火焰高，不一会儿，一大堆干柴便堆了起来。火点燃了，大家又分头忙了起来，打开车门，把带来的东西搬下来，有的烧水、有的切肉、有的摆碗、有的分筷，在旷寂的沙漠里一起动手，准备着丰盛的午餐。大约一刻多钟，水就烧开了，奶茶沏好，大家一手端着奶茶，一手抓着手扒肉或馒头，香甜地吃了起来。一顿沙漠野餐很快就结束了，大家用沙子洗起碗来，几下子，油腻的碗、筷就被沙子洗得干干净净、一尘不染了。

野餐后，我们驱车赶到了音德日图“神泉”。这是一个咸水湖，湖中有一处小岛，岛上有108个泉眼，昼夜不停地喷涌出甘甜的泉水。据介绍，水质中含有人体所需的多种微量元素，有强身健体的奇特功效，尤其对肠胃病有特殊疗效。相传，历代阿拉善亲王都专门组织骆驼队，不远千里驮饮此水。既然如此，何不试饮一杯。同行的急性子早已挽起裤腿，拿出塑料水壶和矿泉水瓶跃入水中，不一会儿，大家就开始分享这天然的甘霖，果然泉水甘甜爽口，名不虚传。

据考证，在巴丹吉林沙漠中，像这样已经命名的湖泊共有113个，其中淡水湖有12个，咸水湖有101个。面积最大的湖叫诺尔图湖。诺尔图沙峰与诺尔图湖沙水相连，水沙相映，天水一色。湖的周围，沙山层峦叠嶂，连绵起伏。若从峰顶俯瞰诺尔图湖，沙山、苇草倒映在湖水中，交相辉映，会让你难以分出哪里是水，哪里是沙，哪里是天。沙峰、湖水、蓝天融为一体，景观独特、景色壮美。

奔跑在绿洲上的羔羊

车子继续翻沙越岭，向“神泉”的东北方挺进，沙丘越走越高，爬行的难度也越来越大了。车子加大油门，吐着黑烟，冲向了沙峰。第一次冲越退了下来，第二次冲越也退了下来，第三次冲越还是没有成功。我们心里一阵紧张！这时，司机定了定神，鼓足心劲，又驾车发起了第四次冲击，终于冲上了必鲁图沙峰的侧翼。车子停下后，大家开始攀登这座“世界沙漠珠峰”。必鲁图沙峰为巴丹吉林沙漠中一个独具雄姿的奇峰，位于巴丹吉林沙漠腹地，海拔高度1600多米，相对高度500米，比非洲撒哈拉沙漠最高峰阿尔吉利亚沙峰还高出70余米，是世界沙漠第一峰，被誉为“世界沙漠珠穆朗玛峰”。没有机会攀登珠穆朗玛峰的人，能有机会攀登“世界沙漠珠峰”也是很值得骄傲和自豪的。经过一小时左右的攀登，我们终于登上了峰顶。放眼望去，金沙无边，层层叠叠。周边沙湖，像蓝宝石、绿宝石点缀其间，镶嵌在沙漠柔美的肌肤上，令人心旷神怡。

巴丹吉林中心地带的沙山皆可随风而鸣，是世界上最大的响沙区。在通过响沙区时，我们下车步行，身临其境，体验一番，人行走在沙子中，沙子就发出隆隆的响声，十分奇妙，充满了

沙山倒映

神秘感。这里还是开展沙漠探险、耐力运动、野外生存、定向越野的好去处。

快到了夕阳西下的时候，我们一行来到了庙海子，这里是巴丹吉林嘎查（村）驻地。庙海子也称“苏敏吉林”，“苏敏”在蒙古语中为庙的意思，苏敏吉林意为有庙的湖。这里两湖相连，湖边沙山耸立，金沙、绿水与蓝天相映，在湖水岸边的一侧有一汪泉水，据说寺庙的喇嘛念经声音一大，泉水就会喷涌而出，故名为“听经泉”。我们驻足泉边，像顽童一样大声呼喊，果真泉水泛起涟漪，宛如动态的年轮，一群大人顿时变成了天真烂漫的孩子，开心极了。巴丹吉林庙就坐落在湖岸边，据介绍，这座庙始建于公元1755年，是一座典型的藏传佛教庙宇，也是阿拉善右旗境内唯一保存较为完整的一座寺庙，可想而知，当年在大沙漠深处建庙该有多么艰难，其中又饱含了多少蒙古族同胞的勤劳和智慧。这里还是居住在巴丹吉林沙漠中的牧民们集会和礼拜的重

响沙区

庙海子

听经泉

要场所。我们进寺庙作了短暂的参观，还与守庙的年轻喇嘛作了简短的交谈，并合影留念。

此时，晚霞映照下的巴丹吉林，一片金色，沙山仿佛披上了一层轻纱，如梦如幻。我们翻沙越岭来到了当天的宿营地——原巴丹吉林嘎查党支部书记吉布呼楞（以下简称老吉）家。老吉家住在东诺尔图湖南岸，这里湖水清澈如镜，湖边绿草茵茵，周围芦苇摇曳、野花争芳、水鸟嬉戏，沙山像一道天然屏障，环湖四周。老吉家在湖边开垦了一小片生活用地，形成了一块小田园，园中栽有多种果树，种有各种蔬菜，使这沙漠中的小小田园绿洲，也有了一点江南水乡的味道。老吉告诉我，巴丹吉林嘎查共有28户人家，全部散居在大漠深处，邻居相距几十公里。老吉家共有4口人，妻子乌尼尔其其格这几年搞起了旅游业，女儿叫琴格勒吉日格乐，在北京科技大学读研究生，儿子就是带我们进入巴丹吉林的穿沙司机那音台。一家人其乐融融，温馨和谐。不多时，女主人乌尼尔热情地烧好了奶茶，摆上了糖果、奶食品。

正在我们品茶交谈之际，北京来投资合作搞旅游发展的耿宗诚及策划者杨健等也来到了老吉家，气氛一下子就热闹了起来。大漠深处人家一下子来了这么多客人，主人也兴奋不已，始终忙个不停。晚6时，大家围坐在一起，开始品尝沙湖边上出产的水果、蔬菜，主人还在忙着为我们做手扒肉和黄焖羊背子。晚7时，集饮食、娱乐为一体的牧家迎宾晚餐开始了。巴丹吉林的夜晚万籁俱寂，老吉家却呈现着一派欢乐热闹的节日气氛。

又一个清晨来临时，主人早已为我们包好了饺子，早餐后，我们与老吉告别，开始了沙漠考察探险的返程之旅。

走出大漠，一丝丝的失落油然而生，一丝丝的留恋随之袭来。这里是世界最美的沙漠，这里有世界最美的沙湖；这里是上帝描绘的曲线，这里有苍天缔造的神奇。

“巴丹”归来不看沙，“吉林”归来不看湖。

驼铃声声

牧人归来

沙湖映天

# 5 横跨腾格里

深秋时节，为实现对全盟唯一一个没有去过的苏木（乡）进行工作调研的夙愿，我专程深入到位于腾格里沙漠腹地的阿左旗额尔

宽广辽阔的腾格里沙漠

沙海迷踪——路在何方

克哈什哈苏木，这既是一次深入基层的工作之行，也是一次横跨腾格里沙漠的冲浪之旅。

腾格里沙漠位于蒙甘宁交界区，南北长约240公里，东西宽约180公里，总面积约4.3万平方公里，是我国的第四大沙漠，也是世界上发现沙漠湖泊最多的地方。腾格里沙漠主体分布在阿拉善左旗西南部，在原额尔克哈什哈、查干布拉格、豪斯布尔都、通古勒格淖尔、温都尔勒图等苏木镇境内的约有2.56万平方公里。这里沙丘、湖盆、残丘、山地及沙砾平原交错分布。地势由东向西缓降，海拔在1200~1400米，以“淡水湖泊绿洲”著称。

沙丘

原额尔克哈什哈苏木地处腾格里沙漠西南腹地之中，距盟府巴彦浩特400公里，60%以上的路程都要在起伏绵延的沙丘中穿行。上午9时，我们一行8人乘坐越野车从巴彦浩特出发，10时多就进入了腾格里沙丘区。为了保证行程安全，阿左旗的陪同领导专门聘请了一位富有穿沙经验的孙师傅为我们驾车开路。孙师傅是北京人，作为

金色涟漪

“文化大革命”时期的第一批知青，他曾在腾格里沙漠深处的查干布拉格苏木工作生活了12个年头，早就熟悉这里的一沙一水、一草一木。进入大沙漠，几乎没什么路可走，只能靠司机的经验来识别路线，这时的司机就真的成了掌管方向和路线的掌舵人了。偶尔看到沙丘上竖立的铁架，孙师傅告诉我们，那是确定方向的航标，我们现在走的是“航标公路”（这也能算公路，还是头一次听说）。沙漠冲浪开始了，车子翻越着一座座海浪式的沙丘，让人的注意力不得不集中起来目视前方，手也难以离开扶手或牵引带。乘车的感觉就像是坐在飞机上，时而腾空跃起，时而俯冲直下，乘车人的心也在不停地升升降降，好似游离于体外。经过一段时间的沙海冲浪后，大家的心情终于渐渐平缓了下来。车子继续前行，不时能见到一些不知名的沙地植物在炙热的沙漠里昂首挺立，顽强地生长着。为了探究它们生存的“玄秘”，我几次下车，在不同的沙丘中剥开表层沙子寻找答案，结果发现，挖开20~30厘米干沙后，下面基本都是潮湿的，说明沙地下面蕴涵的水分是比较丰富的，难怪在腾格里的浩瀚沙海中，到处都有生命的种子在顽强地生长着。有的地方，植物星星点点，撒在沙丘上；有的地方，植物又是密密麻麻，连成了片，形成了错落有致的景观。当车行至一处高高的沙丘上时，孙师傅停住了车，大家下车观赏这万顷波涛似的大沙漠，极目望去，映入眼帘的是连绵起伏的沙丘，在阳光的照射下闪烁着金灿灿的光芒，仿佛披上了一层金色的绸缎，柔柔绵绵的，一道道均匀而舒缓的波纹就像水面上的涟漪，我们仿佛置身于一片金色的海浪之上……

不错，在浩瀚的腾格里沙海中，真还分布着大大小小422个已存在数万年的原生态湖泊。腾格里沙漠中南部，湖泊呈有规则的南北走向平行排列着，间隔宽3~5公里不等的流动沙丘带，它们大多是在原有岛山分割的第三纪湖盆基础上逐渐干涸退缩而形成的残留湖。沙漠西部的湖盆大部分呈不规则分布，面积也大小不一，较大的湖是邓马营湖、麻沙湖和白碱湖，面积都在50~100平方公里。更令人奇怪的是，僻静的沙中湖泊并没有人经管，竟也生长着不少各种鲜活的鱼儿。

腾格里达来——天海

沙漠翱翔

穿越沙海

值得一提的是，在众多的沙湖中，最具沙漠冲浪旅游价值的还要数腾格里沙漠东部边缘的月亮湖。月亮湖蒙古语称为“腾格里达来”。“腾格里”是“天”的意思，“达来”是“海”的意思，“腾格里达来”即“天海”。几年前北京九汉天成集团公司在阿左旗政府的支持下，在这里投资建成了国家4A级旅游景区。景区开辟了沙漠冲浪、滑翔机观光、篝火晚会、滑沙、划船、垂钓、赛车、骑骆驼等旅游项目，还建有造型奇巧的豪华别墅、健康会所、啤酒花园，也有供中科院研究沙生植物的沙漠生态园。而且，月亮湖是距巴彦浩特和银川等周边城市半径最短的沙漠探险营地，也是现代城市人寻求紧张竞争的工作生活之外的探险、猎奇、刺激与放松身心的理想去处。乘坐滑翔机在高空鸟瞰，湖面就像一轮弯弯的月亮，又酷似一幅完整的中国地图。更为神奇的是，面积约3平方公里的湖水，竟一半为咸水一半为淡水，在月亮湖的

沙漠冲浪

沙漠之舟

东北面还可以看到圆圆的太阳湖。

月亮湖的西岸长满了茂密的芦苇，湖的东岸边则是长达一公里的黑沙滩，据介绍，这里的纯黑沙泥，厚达10米之多，形成已有6000万年之久，是天然的泥疗场所。那些为沙漠探险、放松身心、回归自然而来的游人们，可以在这里进行大漠野餐、露天宿营、湖边自助、观星赏月、游览沙漠原生态湖泊、寻找沙漠金字塔等活动。2006年，这里还成功举办了“七夕”首届中国式情人节。

飞降沙海

中午时分，我们穿沙越岭行程280多公里，来到了原查干布拉格苏木所在地。“查干布拉格”系蒙古语，意为“白色的泉”。这里约有10户人家，居住在一块平坦而开阔的沙地上。在这里用过午餐稍作休整后，穿沙之行又开始了。车子在行进中，每隔几公里或十几公里就有一棵或几棵高高的树木，多为沙枣树、小叶白杨或榆树。树边大都住着一户放牧的人家。一路我们停车访问了几户牧民，他们多以养羊和养骆驼为主，也偶有养牛马和驴骡的，周边种了点蔬菜,日子过得也算殷实。从言谈中得知他们已在这里定居好几辈人了，至少也有上百年的历史了。

车子继续西行，展现在大家眼前的茫茫腾格里，宛如一条舞动的巨大沙龙，浩浩荡荡，气势宏伟。沙丘表面好似轻风吹过水面泛起的波纹，沙丘相连则犹如大海的波涛，娇柔的弯月形沙丘链、金字塔式沙山链等诸多沙漠景观，展现了原汁原味的大漠风光，真是雄浑神奇；那由千年风雨哺育而成的千姿百态的沙雕，更是鬼斧神工，令人惊叹不已。见过江南水乡“小桥流水”的人，一眼便觉得看到“大家闺秀”了。

风儿勾勒出的曲线

踏沙而行，步履艰难。湛蓝的天空下，大漠浩瀚、苍茫、雄浑，连绵起伏的沙丘如同凝固的波涛一样高低错落，柔美的曲线显现出它的非凡情韵。不时你还会发现一片片水草丰美的沙漠绿洲，水鸟成群、绿草茵茵，展现着生命的顽强、神奇、美丽，是一片生物的乐园。

生命的涌动——沙海绿洲

牧人晚归

晚霞映照着连绵的沙川，伴随着远处隐隐约约的驼铃声，我们到达了当天的目的地额尔克哈什哈苏木（乡）所在地。苏木机关工作人员不多，又分别工作在原查干布拉格和现在的额尔克哈什哈两个地方，大院内很是寂静。一下车，我们顾不上一路颠簸的疲惫，就在同行的林录明及苏木领导陪同下，看望了苏木驻地仅有的两个单位——卫生院和农牧综合服务站的职工，苏木卫生院仅有4名医护人员，有的休假，有的到牧户家中去收取合作医疗费，在卫生院值班的医生石玉萍告诉我，这里前来就医的患者不多，卫生院主要负责一般患者的治疗，大病一般都要到甘肃的民勤县或阿盟中心医

院就医；苏木综合服务站有3名职工在家，唐福年站长告诉我，综合服务站服务内容很多，但主要是为牧民的家畜提供改良和疫病防治。之后，他们向我们介绍了苏木的自然风貌和生产生活情况。

额尔克哈什哈苏木总面积8070.60平方公里，有可利用的荒漠化草场2400多平方公里，有8个纯牧业嘎查村，594家牧户，1751口人，全部散居在腾格里大沙漠腹地。饲养家畜6万多头（只），其中山羊3.8万多只，骆驼4700多峰。过去，这里生产生活用品都靠骆驼驮运，往返一次需要12~15天，如今，卡车取代了骆驼驮运，当地牧民骑着摩托车在沙漠中穿行如履平地，照明也用上了风电和太阳能电，电话、电视网络也基本覆盖了全苏木。苏木境内分布着大大小小的淡水湖26个，较大的有卡格图、高尼玛、巴彦淖尔和冰草湖。冰草湖湖面在5平方公里左右，因湖的四周长满了冰草而得名，同时湖周围还生长着白茨、芨芨、芦苇、牛尾草、甘草等，湖面宛如绿草织成的睫毛环绕着的眼球。湖边生栖着野鸭、麻鸭、黄鸭、灰鹤等十多种鸟类，湖中生长着鲜美的草鱼和鲤鱼。苏木境内还有狐狸、獾、野兔、沙鸡、黄鼠、鹰等野生动物，与人类和谐相处，好似一个生物王国。

第二天清晨，我们顺着阳光照射的方向继续西行，去完成横跨腾格里沙漠的未尽路程。走了不久，大沙漠的西缘渐渐已近，沙漠已经平缓了许多，车子颠簸的程度也缓和了下来，在平缓的沙丘上疾驰……

冲出大漠，展现在眼前的竟是一片片绿洲。同行的林录明、司亚平告诉我，我们现在已经进入甘肃省民勤县境内。一行行、一片片的沙枣树枝繁叶茂、生机盎然，绿叶、红枣在正午阳光的映照下，相依相衬、争艳夺目。

回眸大漠，感慨万千……

腾格里，你是大自然的骄子，

月亮湖，你是腾格里的明珠。

沙山共水天一色

# 6 环绕乌兰布和

金秋时节，我们一行8人到阿左旗北部调研，进行了一次紧张而愉快的顺时环绕乌兰布和沙漠之行。

乌兰布和沙漠位于阿左旗东北部，东临黄河，西濒吉兰泰，南抵贺兰山北麓，北接阴山山系狼山。东西宽约110公里，南北长约150公里，面积近1万平方公里，其中，在阿左旗境内约6400平方公里，主要分布在吉兰泰、敖伦布拉格、巴彦木仁等苏木镇境内。

流动的沙丘

乌兰布和在蒙古语中是“红色公牛”之意。在乌兰布和沙漠中，流动沙丘、半固定沙丘、固定沙丘各占1/3左右。与巴丹吉林、腾格里沙漠不同的是，乌兰布和沙漠的地势比较平坦，走势由东南向西北倾斜，沙漠南部沙丘密集，北部沙丘稀疏。流动的沙丘主要集中在南段和中段，形状分为新月形沙丘链、格状新月形沙丘和新月形沙山，相对高度一般在10~30米，中心可达50~100米，固定半固定沙丘呈堆状，多分布在沙漠西部，风沙覆盖在湖积平原、黄河冲积平原及基岩剥蚀残丘上。

乌兰布和沙漠土质多以松散的近代洪冲击层为主，地下水以潜水为主。因受贺兰山降水渗入和黄河径流季节调节补给，地下水资源较为丰富，水位高1~5米，又因受构造沉降的影响，下部水层多承压自流，共有绿色湖盆36处，咸淡水湖泊167个，面积875平方公里。这里日照充足，湖池广布，是一处沙漠考察、观光旅游的好地方。

从巴彦浩特乘车，沿乌兰布和沙漠的西缘向北行进约一小时的路程，我们来到了位于乌兰布和沙漠西缘的吉兰泰镇，这里是中国第一家机械化采盐场——中盐吉兰泰盐化集团公司所在地。众所周知，阿盟盐类矿产资源相对集中，种类齐全，主要有钠盐、芒硝、天然碱、

盐湖上采盐船在作业

钾盐、硼盐、镁盐等单一矿产或共（伴）生矿产，是内蒙古自治区钠盐生产的主要地区，产量占全自治区钠盐总产量的87%。乌兰布和沙漠的西部为古湖积平原，仍保留着湖泊的遗迹，这里有着面积达61.82平方公里、资源储量近1亿吨的大盐湖，现今，已有近千年（有详细记载的时间是从公元1736年即乾隆元年开始）开采历史的吉兰泰盐湖为我国著名的盐湖之一，年产盐能力已超过100万吨。

吉兰泰盐化集团

吉兰泰盐化集团是一家由中国盐业总公司控股的子公司，有职工5000多人，总资产32亿元，年销售收入17亿元，是一个拥有资源优势、技术装备优势、管理优势、产品优势的大型企业集团。近年来，吉兰泰盐化集团公司在原来盐、碱生产的基础上，多方筹资建设成了世界最大的金属钠厂和高纯钠厂。接着，又开工建设了概算投资达59亿元的年产40万吨的聚氯乙烯项目，整个项目分两期进行，一期、二期分别建成年产18万吨烧碱和年产20万吨聚氯乙烯的工程，全部工程已基本竣工。项目投产后，年销售收入将达到30亿元，利税8亿多元，同时，还将带动一批聚氯乙烯、烧碱等产品为原料的化工建材企业发展，不断延伸盐化工产业链条，发展循环经济，企业发展前景十分广阔。

经过吉兰泰，我们一行沿着盐湖，环绕着大漠继续北上，渐渐进入了阿左旗东北部牧区。这里年日照时数在3000小时以上，无霜期在150天左右，属中温带大陆性干旱气候，有可利用草场1万多

戈壁牛群

亩，生长着甘草、花棒、麻黄、锁阳、沙棘、梭梭等多种稀有植物和名贵药材，已查明的种子植物有53科160属302种；在这里饲养着牛羊40多万头（只），骆驼8000余峰，主要分布在吉兰泰北部和敖伦布拉格镇境内。由于日照条件好和水草质量高等原因，这里的羊肉鲜美可口，远近闻名，敖伦布拉格的骆驼膘悍体壮，在盟旗的重

阿拉善双峰驼

大赛事中也是屡屡夺冠。

儿驼奋蹄

这里不仅是家畜饲养的基地，也是野生动物繁衍栖息之地，主要有青羊、黄羊、盘羊、金雕、野雉、白鹤等陆地野生脊椎动物96种，其中国家重点保护的野生动物就有22种。

这里不仅牧业资源丰富，旅游资源也很丰富。地处敖伦布拉格境内的梦幻大峡谷、人根峰、布勒（蒙古语“儿驼”的意思）庙、神水洞、七彩山、呆日格瀑布、母门洞等自然景观，风采各异、神奇迷人。我们沿途参观了几处景点。在布勒庙遗址前，我们观赏到了百丈悬崖上一峰儿驼昂首奋蹄，似向山下走来，画面虽然不大，但形象逼真，栩栩如生。据当地牧民介绍，这峰神驼随着季节的变化，身上的颜色还会变化，时深时浅，很是神奇，周围的牧民每年都要到布勒庙祭拜，祈求神驼保佑自家的养驼业兴旺，据说很灵验。可惜的是，布勒庙在

峡谷亲情

“文化大革命”时已被毁掉，现在只能见到遗址和当地牧民后来为祭拜垒起的敖包以及祭拜时献上的骆驼鼻棍；在呆日格瀑布，我们沿着蜿蜒曲折的山谷作了短暂的探险，上行不到一公里，就听到了震耳欲聋的轰鸣声，转过一个山弯，展现在眼前的呆日格瀑布，虽然不怎么高也不算大，但发出的声音却非常绝妙，瀑布下竟然还自然形成了一个酷似人体形状的凹槽，再往下又有一条只能容一人通过的石涧。在晚霞的映照下，这里的山石草木景色都是那么使人流连忘返。

第二天清晨，我们一行经磴口，跨越黄河浮桥，来到了阿左旗的巴彦木仁苏木。黄河流经阿拉善盟东部85公里，巴彦木仁苏木就位于乌兰布和沙漠东缘，黄河之西，总面积2633平方公里，乌兰布和沙漠在境内呈南北走向，面积1580平方公里。苏木领导向我介绍说，苏木总人口2580人，辖4个农业嘎查，农作物播种面积为41000余亩，主要农作物有玉米、小麦、籽瓜和油葵，全部为水浇地，农民的人均纯收入1万多元，居全旗前列。

灌区风光

因有黄河水灌溉滋养而呈现出一派河套田园的风光，这里田成方、林成网、渠成系、路相通，一片郁郁葱葱、生机盎然。

在大沙漠的边缘见到这种田园风光，让人兴奋不已，走向渠边、田间，仿佛置身于东北平原上的米粮仓中，金灿灿的玉米乐开了嘴，沉甸甸的油葵笑弯了腰，一派丰收的喜悦。

下午，我们一行两度跨越黄河，经过乌斯太工业园区，进入了贺兰山煤田矿区。煤炭是阿盟的优势矿产业之一，全盟从东到西都有煤炭资源分布，已探明储量的煤炭矿产地有27处，蕴藏的煤炭资源储量约13亿吨。通过整合，全盟现有煤炭矿山企业42家，1家大型煤矿，8家中型煤矿，其余均为小型煤矿。在贺兰山矿区约有10亿吨的资源储量，以无烟煤和焦煤为主，其中，古拉本矿区所产的优质无烟煤，煤质具有低灰、低硫、低磷、高发热量、高比电阻、高精煤的特点，属稀有煤种，是煤炭中的珍品，其广泛用于化肥、冶金、化工、建材等多种行业，是其他煤种难以替代的工业原料和燃料，具有较高的出口创汇价值；呼鲁斯太矿区焦煤储量大、质量优，是“铸型焦”的优质原料。近几年随着全盟经济建设步伐的加快，这里丰富宝贵的煤炭资源已成为阿拉善强盟富民、经济腾飞的重要产业支柱。

乌巴公路

两天的行程很快就要结束了，伴随着《阿拉善你有多少传奇》的悠扬歌声，车子稳健地行驶在贺兰山区的一级公路上，眼前壮观的画面，一幅幅、一片片……时而映入你眼帘的是一棵棵傲然挺立的青松；时而展现给你的是一处处盆景式的山峦，蜿蜒起伏，宛如人工堆成的假山。环绕乌兰布和，你一定会对阿拉善的神奇、美丽、富饶产生更多更美妙的遐想……

乌兰布和，你有天然湖泊的璀璨，你有大漠日出的神韵，你有沙海驼影的梦幻，你有田园风光的生机，你聚集着大自然的恩赐，东田、西盐、南煤、北牧……

乌兰布和，你是财富生长的沃土；

乌兰布和，你是投资兴业的乐园。

夕阳西下，牧人何方

# 7 观赏戈壁奇石

当你来到历史悠久的巴彦浩特时，街道旁那一家家奇石馆总会让你有走进去看一看的冲动。现在这里已有大大小小500多家奇石馆。其中有一条新建的小街，名为乌力吉路，是远近闻名的阿拉善奇石一条街。这里是专门以收集、观赏、珍藏、销售阿拉善奇石及交流、研究为一体的综合性场所。街道两侧共有大小店铺120多家，总建筑面积2万多平方米，是驰名遐迩的奇石集散地。

阿拉善奇石街

奇石，又称观赏石，是指不经雕琢，具有自然美的石头，有山石、水石、风砺石、化石、矿物石，等等。奇石具有独特的形态、色泽、质地、纹理、神韵，具有观赏、收藏、科研和经济等价值。赏石可以赏出情趣美、意蕴美、线条美、色彩美、形象美、造型美，让人进入一种美不胜收的意境。

来到奇石街走进奇石馆，那千姿百态、五彩斑斓的阿拉善戈壁奇石，令人眼花缭乱、叹为观止。名石之王——葡萄玛瑙珠珠串串，晶莹圆润，犹如硕果累累的紫葡萄、红葡萄、白葡萄、黑葡萄，望不忍食，叹而叫绝；彩石之后——碧玉石艳丽动人，红碧玉、黑碧玉、绿碧玉、黄碧玉、七彩玉美不胜收；石间万象克隆众生，十二生肖活灵活现，百态人物栩栩如生，满汉全席惟妙惟肖，动植物化石诠释着远古的神秘……只觉得，世间万物都能从“石”中找到自己形象的化身，人石交融的通灵境界也反映了人与自然和谐相处的深刻内涵。

富贵石（石种：红碧玉）

堆金砌玉（石种：红碧玉）

我国地大物博，地质复杂多变，奇石资源非常丰富，赏石文化底蕴深厚。享誉大江南北的奇石种类主要有太湖地区的园林奇葩太湖石，安徽的玉质金声灵璧石，广东雄奇陡峭的英石，南京的天赐国宝雨花石，石头奇葩菊花石，广西的五彩缤纷红河石，内蒙古等戈壁荒漠的杰作风凌石，云南的山水物象大理石等。

阿拉善是以戈壁石闻名天下的。奇石种类缤纷，按石质分，有玛瑙石、碧玉石、硅岩石、紫晶石等；按石态分，有象形石、景观石、抽象图案石等；按产地分，有乌力吉火山石、马鬃山戈壁石、巴丹吉林沙漠石等。戈壁奇石属风凌石，主要为硅质岩。据地质专家考证，阿拉善戈壁石原岩是亿万年前火山爆发，喷射出的岩浆冷却而成。经过长期的地质变迁、日晒风蚀等自然作用，岩石中抗风能力较弱的部分被削剥、搬运，留下最坚硬的且富有韧性的硅质部分，形成千奇百怪、绚丽多彩的奇石。

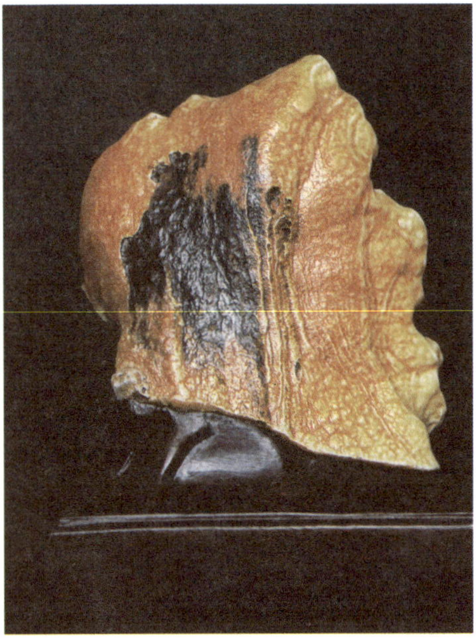

呼唤（石种：沙漠漆）

石是大地之基，石是万金之母，石是人类文明、文化传承的重要载体。在我国，赏石文化作为一项高雅、文明、时尚的艺术发现和审美活动，源远流长，已有两千多年的历史，它始于秦汉，兴于唐宋，极于明清。宋代大诗人陆游说“花能解语还多事，石不能言最可人”，这是对石的最高评价和奖赏。盛世收藏奇石，现代人则更为之推崇。古人云：石道人道，以石悟道；石身人身，以石修身；石性人性，以石养性；石缘人缘，以石结缘；石乐人乐，以石寓乐；石情人情，以石陶情。现如今，山无石不奇，水无石不清，园无石不秀，室无石不雅，画无石不名，商无石不发。这就足以说明奇石文化的博大精深，以及经久不衰的意义之所在。

赏石文化作为中华灿烂文化的一枝奇葩，实际上是涵盖着感情、哲理、信念和价值观的东方民族传统文化在观赏石领域的反映和延伸。

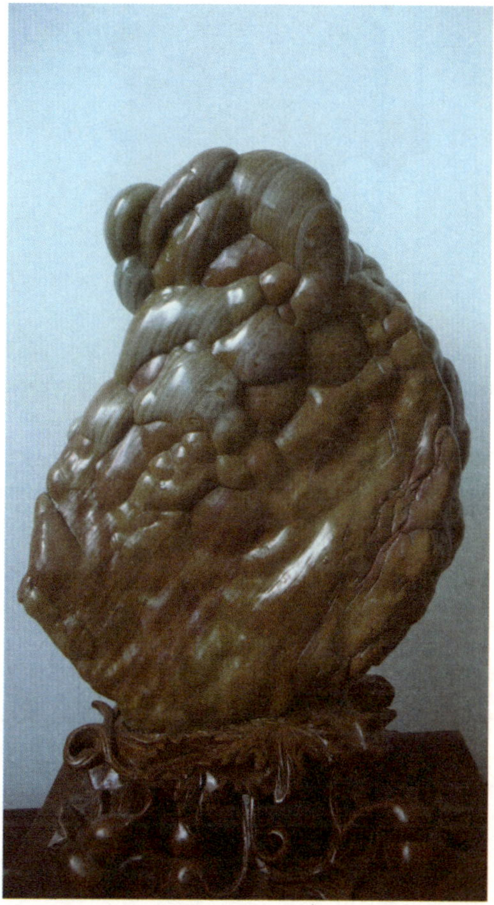

流光（石种：七彩玉）

一般说来，东方的赏石文化比较注重人文内涵和哲理，观赏主体往往丰富多彩，甚至可以随心所欲、因人而异；而西方赏石文化比较注重科学和历史内涵，观赏主体以各种动植物化石和多姿多彩的矿物晶体与标本为主。在欧洲，赏石更多的是强调与周围环境相协调，他们举办赏石

神驼（石种：木化木）

收藏展览，每次展出奇石的同时，还要搭配介绍盆栽文化等。

每一块奇石都是一个故事、一份情意、一种精神。

人对石，总有一种天然的亲近感。许多奇石家藏石、赏石、品石甚至“嗜石”，对石“待之如宾友，亲之如贤哲，重之如宝石，爱之如儿孙”。多少没有生命的石头，在他们的眼里，变成了有生命、有情感、有魅力的艺术品。奇石作为一种文化，必然是与时俱进的。如今，不论男女老幼，不论工作忙闲，总有一部分人对奇石有缘，入迷入痴。他们爱石，不单单是消遣，而是作为一种文化来对待，作为一种精神来追求。

“涵宇宙之精华，蕴天地之灵性”。阿拉善戈壁奇石是大自然鬼斧神工的杰作，是天地变幻的骄子，是无言的诗、不朽的画、凝固的像。奇石是天物，因其自然形成，贵在天然；是美物，因其色彩斑斓，造型美观；是稀物，因其一石一面，珍贵独特；是宝物，因其物华天宝，造化神奇。

“清水出芙蓉，天然去雕饰。”人们喜欢阿拉善戈壁奇石，主要是因为它有坚硬优良的质地、千姿百态的造型、斑斓瑰丽的色彩、雄浑豪放的神韵，因为它是纯天然、未经雕饰的真品。只有真才是最美的。所以一经问世，阿拉善戈壁奇石便迅速走俏市场，在国内外赏石界声名鹊起，影响近及陕甘宁，远至港澳台与东南亚。

一方石头汇集一批朋友，传承一种文化，造福一方百姓。

阿拉善盛产戈壁石，特别是玛瑙石，古已有名。明代宋应星所著《天工开物》记载："玛瑙非石非玉，中国产地颇多，上品者产于宁夏外徼羌地砂碛中。"部分地质方面的学者经过反复调查研究认定，宋应星所指"宁夏外徼羌地砂碛"应是阿拉善戈壁滩，东西展布在阿拉善乌拉山北麓，西起布斯特大沟，东到苏宏图附近，北接绵延起伏的沙漠，长近40公里，宽5~10公里，面积300多平方公里。据一些世居戈壁的牧民回忆，20世纪六七十年代的戈壁滩上，美丽的玛瑙比比皆是，大家出于天性的喜爱，随手都能在滩面上捡拾一些美丽的石头，至于一些体积大的，就会因为不便携带被弃之不理。至于其他部分戈壁石，甚至包括碧玉、

紫葡流翠（石种：葡萄玛瑙）

硅化木之类的奇石，只能屈就在牧民们房前屋后，作为普通石材去派用场。

直到20世纪70年代中期，一批老地质工作者发现了阿拉善戈壁滩上这些晶莹滑润的石头，出于职业的敏感，他们将样品送往国家权威部门进行鉴定，认定这些玛瑙质地上乘，由此才揭开了阿拉善戈壁石的神秘面纱。不过当时它们还主要是作为工艺品的原材料被利用，直接以原石的形式来观赏，并且价格攀升得如此之快，如此之高还是后来的事。

小鸡出壳 （石种：玛瑙）

进入20世纪80年代中期以后，随着当代观赏石文化的发展和观赏石市场的完善，阿拉善戈壁石逐步走出“深闺”，登上中国名石的历史舞台，如今的中国石坛上，能与南方一些名石“华山论剑”的北方石种，恐怕唯戈壁石莫属。这其中，阿拉善戈壁滩的玛瑙以色彩艳丽、光洁润透、质地上乘而日益成为戈壁石中的贵族。特别是产自阿拉善左旗北部乌

岁月老人 （石种：三色玛瑙）

力吉苏木境内的葡萄玛瑙石，因其体积硕大，晶莹剔透，一嘟噜一嘟噜的俏丽玉葡萄，成为西北名石中至高无上的“石帝”，备受尊崇。

一帆风顺（石种：风砺石）

“黄金有价玉无价”。阿拉善戈壁奇石，因其独特的形态美、质地美、色彩美、纹理美、神韵美而独占鳌头，身价一路飙升，动辄一块奇石就达几十万上百万元。

其中有两块最为出名和珍贵。一块名为《小鸡出壳》的玛瑙石，酷似粉嫩的雏鸡从杏黄的鸡蛋中破壳而出，那黑漆漆的双眼、红嘟嘟的嘴唇、椭圆形光滑有致的蛋壳，确有逼真的神韵，难怪被誉为稀世珍宝，在北京估价高达1.3亿元人民币。另一块珍品名为《岁月老人》，那皱纹遍布的脸庞，枯瘦干瘪的五官，酷似一幅慈祥和蔼、饱经沧桑的老妇人头像，专家估价9600万元人民币。“鬼斧神工天铸成，沧海桑田凝目中。试问老妪岁几何，人类始前亿寿星”，这是《岁月老人》收藏者的题诗，也反映了阿拉善奇石采天地之灵光，沐日月之精气的独特品质。

正是大漠的雄浑、戈壁的坦荡、长风的侵蚀、粗沙的磨砺、地壳的运动，才造就了这样千锤百炼、浑然天成的奇石珍品。

阿拉善戈壁奇石以其神奇的质、色、形、纹、韵而独领风骚，现已成为名副其实的中华名石。2008年7月，中国观赏石协会、国土资源部环境司在北京组织评审会，阿拉善盟最终以综合评比93.7的高分从7个申报城市中脱颖而出，成为国内首个获得“中国观赏石之城”荣誉称号的地区，在全国赏石界享有“南有柳州、北有阿拉善”的美称。如今，阿拉善盟有上千家观赏石经营户，年观赏石成交额达数亿元。

阿拉善戈壁奇石，一件品位高雅的收藏，一份至真至纯的享受，一种文化艺术的陶冶。奇石折射出世间万物的粗犷与细腻、朦胧与清晰、坦荡与含蓄、高贵与平凡；奇石还展示着宇宙、时空、历史的更替与变迁；奇石也折射出哲理、境界、人生的博大与多彩……在巴彦浩特，奇石已成为一个产业。人们目赏奇石，观其悦；耳赏奇石，听其声；心赏奇石，思其形。这里家家藏石，人人赏石，人们与石结缘、以石会友、与“石”俱进，企盼着“石”来运转，吉祥岁岁，兴旺年年。

戈壁奇石诠释着自然的美丽！

戈壁奇石孕育了永恒的力量！

戈壁奇石引领你走入心灵的家园！

满汉全席（石种：玛瑙、碧玉、沙漠漆等）

# 8 感悟巴彦浩特

盛夏七月，我有机会来到内蒙古最西部的阿拉善盟巴彦浩特考察。初到阿拉善，就真实地感受了这座很多人都陌生的塞外小城——巴彦浩特的富饶和美丽。

巴彦浩特是蒙古语，意译为“富饶的城市”。从呼和浩特到巴彦浩特公路里程有700余公里，驱车经由包头、巴彦淖尔、乌海，翻越巍峨壮美的贺兰山后，心情随着映入眼帘的景色豁然开朗——眼前一峰高大的白骆驼雕塑矗立在鲜花、松柏点缀着的环岛中央，四周平坦宽阔的街道、整齐排列的国槐、美观独特的灯型、错落有致的建筑……一幅靓丽、清新的驼乡风貌展现在了我们面前。

白驼雕塑

陪同我们

泛黄的记忆——定远营旧照

考察的是这里土生土长的蒙古族朋友，他对阿拉善的历史非常熟悉，看着眼前这座地处贺兰山脚下的边疆小城，朋友告诉我们，巴彦浩特以前名为定远营，1952年11月经中央人民政府批准改为巴彦浩特。相传汉代名将班超出使西域时就曾经在此驻扎。朝廷因为班超畅通“丝绸之路”有功，封班超为定远侯，他所驻扎的营地便称为“定远营”。那时的定远营山花遍野、古木参天、绿草茵茵、溪流潺潺，是一块美丽富饶的地方。据记载，公元1726年（雍正四年）清朝钦差大臣通智到阿拉善巡视，发现这里山林茂密、清泉吐雾，东边贺兰山巅积雪如絮，脚下三条小溪欢唱奔流，便奏请皇上建营。雍正八年，皇上恩准并命大将军岳钟琪主持修建定远营。定远营城巧妙地利用了地形地物，整座城坐北朝南。城的南北横亘着两座长长的丘陵，如同两条巨龙静卧在贺兰山脚下，定远营城宛若一颗熠熠闪光的明珠镶嵌其间，人称“二龙戏珠”。从八卦泉汩汩涌出清澈的泉水分为三支溪流，犹如三条闪光的玉带向西飘去。朋友告诉我：定远营城正是依这山傍这水而建了起来。

登上营盘山，俯瞰巴彦浩特全景，听着朋友的娓娓讲述，让人感受到这座边远小城的大气磅礴和内涵深邃。古时的定远营内连银川，外接漠北，西通新疆，处在朔方保障、沙漠咽喉这样一个西北战略要塞的位置上，是商贸交通的要道。定远营城曾经是阿拉善历代旗王的王府所在地，过去通称为“亲王府”，也叫“王爷府”。新中国成立后，在巴彦浩特成立了区人民政府。1956年设巴彦浩特市，1958年撤市建镇。1961年后为阿拉善左旗人民政府驻地，1980年经国务院批准成立了阿拉善盟，巴彦浩特从此成为全盟政治、经济、文化的中心。

我们一行乘车经过宽阔的额鲁特路，沿着王府街西行，不一会儿就来到了阿拉善盟博物馆。该馆原为阿拉善王府，始建于1732年（清雍正十年），是阿拉善历代旗王办公和居住的地方。王府经历代旗王的改扩建，到了第十任亲王达理扎雅时期，已经形成了规模宏大的建筑群落。走进王府参观不难发现，整个建筑群落为典型的

阿拉善博物馆（原阿拉善亲王府）

明清风格的北京式四合院，建筑群还体现了颐和园园林风格，该府院院相连、融会贯通，画栋雕梁、典雅精致，故有“小北京”之称。馆内的历史文物陈列室展有石器时代、汉、宋、元、明、清时期的历史文物达600多件，反映古代游牧生活的岩画史料照片有100多幅；民族风俗文物陈列室展有和硕特部蒙古族衣、食、住、行装饰实物和民间艺术品139件。这里是阿拉善历史、文化、民族风情的一个缩影，同时也是人们了解阿拉善的窗口之一。如果你不是亲眼目睹阿拉善王府的风采，你就很难有这样的感慨！

延福寺（原阿拉善亲王家庙）

乾隆御笔题写的“延福寺”匾额

走出阿拉善博物馆，我们一行来到了它的右邻延福寺参观，该寺系原阿拉善旗八大寺庙之一，是内蒙古自治区重点保护的古式建筑。寺庙正门上方悬挂着清乾隆皇帝御笔题写的“延福寺”几个蓝底金字的匾额。据工作人员介绍，该寺从1742年（乾隆七年）开始修建大殿，若干年后完成了周围的建筑。1760年（乾隆二十五年），乾隆皇帝为该寺赐名，并赐用满、藏、蒙、汉四种文字书写了金字匾。该寺共建有大经堂、菩萨殿、四大天王殿、转经楼、钟鼓楼、如来殿、阿拉善神殿、药师殿、密宗殿等大小殿堂10多座，共200多间，800多平方米。1919年前后为鼎盛时期，喇嘛达500多人，1949年和平解放时仍有喇嘛200多人。该寺同其他黄教派寺庙一样，设有神学院，共分四大部，每部有一座专用殿宇。“文革”时期，聪明的巴彦浩特人把该寺作为粮仓，装满粮食，因而得以完整地保留了下来，没有遭到破坏。寺内至今保存有1768年（乾隆三十三年）所铸的青铜香炉一个，长年香火不断；铸于1790年（乾隆五十五年）的大钟一个，击其，整个巴彦浩特余音缭绕、经久不绝。此刻，延福寺已以其古色横溢的新姿展现在我们的面前。

走出延福寺，朋友陪同我们来到巴彦浩特多功能体育场参观。

巴彦浩特体育场

该体育场坐落在巴彦浩特生态公园西侧，占地面积10万平方米，建筑面积4.5万平方米，可容纳观众1.8万人，2002年8月1日开工建设，2004年交付使用，总投资1.1亿元。

规模宏伟的体育场俨如一件巨大的艺术品矗立在巴彦浩特城新旧区中间。场内设有田径赛场、足球场草坪、篮球馆、网球馆、游泳训练馆、各类展厅、艺术表演厅、健身中心、老年活动中心、青少年活动中心等，是巴彦浩特的标志性建筑。工作人员向我们介绍说，阿拉善盟的几届奇石节都在这里举办，办节期间，吸引了不少中外奇石爱好者，这里还是人们集会、演出、文化展示、商品展出的理想场所。2006年8月全区第六届少数民族传统体育运动会在这里成功举办。2007年8月内蒙古自治区成立60周年大庆时，中央代表团艺术分团在这里为驼乡儿女献上了精彩的慰问演出。

新世纪广场

入夜，我们来到新世纪广场参观，华灯初上的巴彦浩特，流光溢彩，妩媚动人，魅力四射。快乐在人群中传递，祥和在街景中

新世纪广场一景——退役歼六战斗机

弥漫，群星在深蓝的天空中点缀。陪同的朋友告诉我们，该广场于1998年11月开工建设，总面积近5万平方米，总投资2259万元，1999年9月建成投入使用，时任盟委书记伏来旺为纪念广场的建成亲笔题记留念。走进广场中心，眼前一座雕塑吸引了我们，这座雕塑高19.99米，象征全盟各族人民团结进取、奋发向上，阔步迈向新世纪的豪情壮志。雕塑底座呈蒙古包状，共由黑、红、白、绿四种颜色构成。黑色代表着阿拉善盟丰富的煤炭资源，红色代表着阿拉善主体畜群骆驼，白色代表着阿拉善盟独特的湖盐资源，绿色代表着阿拉善盟畜牧业赖以生存的林草资源。

游人们悠闲地在广场上漫步，观赏着喷泉溅出的水柱，只见水柱紧紧围绕着“1999”雕塑主体，时高时低，给人们带来了清爽，带来了遐想。这座雕塑寓意着全盟各族人民以“1999”为新的起点，阔步奔向21世纪的美好愿望；喷泉池内壁直径27米，象征着阿拉善盟27万平方公里的广袤土地。此刻的广场，已是歌的世界，舞的海洋，巴彦浩特人快乐的天堂。

我们继续随着游人前行，来到了广场的西南角，一架解放军某基地赠送给阿拉善人民的歼六战斗机（已退役）展示着腾空起飞的雄姿，似在欢迎着游人，也似在祝福着阿拉善盟各族儿女实现远大理想。

回到住地，夜已深了，但我仍无睡意，翻阅着阿拉善盟的有关资料，回放着难忘的行程，细细地品味着“五彩斑斓”的阿拉善……

命运注定我与阿拉善有不解之缘，一年后，根据组织上的任命决定，我来到了阿拉善盟工作，成为了阿拉善人民中的一员，便有了更多的机会来了解、感悟这片神奇的土地。

从历史上看，阿拉善和硕特蒙古族从游牧走向定居、从单一畜牧业走向商品经济、从游牧文化走向城市文化，标志着巴彦浩特人从生活方式到经济发展再到文化进步的历史性转变。特别是满清与蒙古族的联姻，打开了阿拉善对外开放的早期渠道。在阿拉善旗九代十王中就有八代九王，即从第二代旗王阿宝开始，到最后一代亲王达理扎雅，都与满清皇帝结亲，堪称世代联姻。这种联姻，最直接的就是引进了先进的京城文化，带来了先进的京城技术、工艺、生活方式、习俗和信息，带动了巴彦浩特的发展进步。在服饰上，和硕特蒙古族结合蒙古传统服饰，借鉴满清服饰的优点，将本民族服饰改造得更漂亮、更迷人。在饮食上，当年皇室格格从京城带来了烤鸭技术，用这一技术结合蒙古族传统的烤羊技术，烤出来的全羊鲜嫩可口，被誉为内蒙古烤全羊工艺最好的地方。在文化上，阿拉善民歌的历史更悠久、更遥远。一是从先居地阿尔泰山麓带来的歌曲；二是定居阿拉善后产生于民间的歌曲；三是从邻近地区传入的外来歌曲。歌词语言精练，内容深刻，曲调悠扬，具有较强的哲理性和积极向上的思想。在婚丧嫁娶上也形成了独特的和硕特蒙古族风情。在建筑风格上仍然保留了部分京式的四合院。那厚

阿拉善蒙古族民族服饰

阿拉善传统体育项目——沙力博尔

重的木门在诉说着历史的沧桑，青灰的瓦片镌刻着历史的变迁。这些都体现了草原文化和中原文化的有机融合，也体现了阿拉善蒙、汉、回、满等兄弟民族文化的融合，体现了植根于炎黄子孙心灵深处的人伦天理和亲情关系。

岁月如歌声声远，事业如棋局局新。走过了昨天的沧桑，迎接着今天的巨变，谋划着明天的辉煌。

如今，我常常有机会登上营盘山，每一次都由衷地钦佩巴彦浩特人装扮家乡的智慧和力量。或拾级缓缓而上，或乘车蜿蜒而行，看到眼前秀丽的风景，外地的客人也会情不自禁地赞美巴彦浩特人改造山川的勇气。昔日冷清清的山头，已变成宽敞簇新的休闲场地；昔日光秃秃的荒地，已是绿树成荫，生机盎然；昔日空荡荡的山巅，变得亭台造型雅致，华灯绽放异彩。近看，生态公园景色怡人，风光独韵；远眺，美丽的巴彦浩特尽收眼底，楼房鳞次栉比，街道车水马龙，精巧的凉亭倒映在蓝粼粼的湖面上，让人流连忘返。

如今，更令巴彦浩特人振奋和自豪的是，在拥挤的城区边缘，在空旷的贺兰山脚下，又奇迹般地矗立起了一座现代化新城区。宽敞的道路四通八达，气派的楼群规划整齐，高大的塔吊正忙碌在建设工地上。广场、雕塑、喷泉、石柱、鲜花、绿草，一个充满活力、欣欣向荣的巴彦浩特正在崛起。面貌一新、容颜时尚、视野开阔、朝气蓬勃。这里，延续着巴彦浩特的繁华，见证着这个城市的发展与腾飞。

俯瞰巴彦浩特生态公园

新城区核心区——行政中心建筑群

现在，巴彦浩特人口已近10万，财政收入已达2.4 亿元，职工养老保险覆盖率达85%，新型农牧民合作医疗参与率达95%，已实现了城乡户籍一体化。随着新区的规划建设和新党政大楼的落成、巴乌一级公路的运行通车、巴吉一级公路和巴银高速公路的开工建设、城市美化和亮化工程的实施，如今的巴彦浩特道路四通八达、城市焕然一新，正沐浴着科学发展的春风，承载着妩媚动人的神秘，开始步入了一个更加生机盎然的新时代。

让流年体会，让岁月见证，让真诚感悟——

我们依恋你，历史悠久的巴彦浩特；

我们赞美你，日新月异的巴彦浩特；

我们建设你，继往开来的巴彦浩特；

我们祝福你，辉煌灿烂的巴彦浩特。

欣欣向荣的巴彦浩特

# 9 解读阿拉善

了解、熟悉直至热爱一个地区的方式、途径和理由很多，尤其是这片土地一旦承载或记录了你的经历、你的情感、你的付出的时

五彩斑斓的地方

候，你就会油然而生一种萌动甚至一种难以割舍的思绪，你也会在不知不觉中关注和眷恋起你脚下的土地、头顶的星空以及你身边的那些质朴的生命。

“为什么我的眼里常含满泪水？因为我对这片土地爱得深沉！”的确，虽然到阿拉善工作和生活仅五年的时间，我却知道自己已经深深爱上了阿拉善。阿拉善永远都是一片值得悉心解读、潜心研究、深深眷恋的热土，因为她是产生永久激情与灿烂梦想的地方，因为她会让你涤荡心灵、感悟生命，不断追求卓越人生。

历史是根，文化是魂。解读阿拉善这片秘境高原，就要触摸她强劲跳动的历史脉搏，追溯她梦幻般璀璨的文化，还要感受她在科学发展观氛围中奏响的时代强音和激扬奋进的人文精神。

漫步在阿拉善苍劲广袤的峥嵘大地上，就会感悟到这块瑰丽高原的壮美、神奇与震撼。“阿拉善”汉意为“五彩斑斓”，也有“贺兰山”音转之说。无论如何，这块藏珍聚宝的高原真正诠释了神奇、写真了梦幻。这里俊秀的高山林木葱茏，大自然鬼斧神工的无数杰作令人称奇，让人看不够、品不尽……

从散落在苍茫戈壁和沙漠深处的鸵鸟蛋、恐龙化石，遗存在全盟诸多地方的打制石器和磨制石器以及多处彩陶遗址，你就会知道，阿拉善地区开始有人类活动可追溯到旧石器时代，这充分印证了阿拉善地区较早地参与或承接了新石器时代和彩陶文化的文明。尤其是以曼德拉山岩画为代表，包括贺兰山、龙首山、骆驼山等地的万余幅岩画（统称阿拉善岩画），忠实地记录了远古先民的生活情景，是凝固在北方中国的立体式艺术长廊。著名岩画专家盖山林先生考证：阿拉善是制作岩画民族的摇篮。

曼德拉山岩画

沙漠——大自然描绘的曲线。无论你是横跨腾格里，环绕乌兰布和，还是纵越巴丹吉林，你都无法克制住自己紧紧拥抱和热吻浩瀚沙漠的欲望。当你远眺眼前绵厚温柔、沉静安详和起伏无垠的金色景象时，你不仅会对自然和生命本身增添诸多的感慨，为自己找回更多的从容与大度、豁达与爽朗，还会痛痛快快地放飞一次心灵。因为身临其境，你早已融化其间。当走出沙漠时，你会相信那里洁净的

大自然描绘的曲线

金沙不仅洗刷了你的眼神和身躯，更让你的灵魂得到彻底而通透的净化。你会因为自己的历程和感悟而激动不已、记忆永存。

金色胡杨

“活着一千年不死，死后一千年不倒，倒下一千年不朽。”胡杨林是阿拉善一道震撼魂魄、旖旎亮丽的风景线。那让人永远激情跌宕、流连赞美的真正原因，首先在于它奇异得令人惊羡的色彩。那种金黄之色美得让人震惊、令人不愿离去，那种金黄之色是深秋时节的激情绽放和渲染天地的最亮丽风景。人们礼赞胡杨，更在于它从壮丽中透出的妩媚，在华贵里彰显的庄严，在于胡杨所表现出的无与伦比的抗争意志、生存品格和奉献精神。目睹一次便会铭记终生，这就是胡杨的魅力所在！

寓意“野骏马”的贺兰山一直以来便有“关中屏障，河陇咽喉”之说，自古就是兵家必争之地。走进巍巍贺兰山，近百万亩的原始森林和次生林扑入眼帘。智者爱山，阿拉善人崇尚自然，人们是在用热爱母亲般的情愫守护和建设着这座神圣的宝库。在它茂密雄壮的松枝和溢美流芳的丁香花瓣里，蕴涵了阿拉善人对生命的尊重和绿色的向往。同时，贺兰山还是我国西北地区少有的自然历史“本底”，也是研究我国西北山地森林生态系统、植被更新与演替等的一座保存完整的天然科研基地。贺兰山给了阿拉善亘古不变的庇护与希望，贺兰山蕴藏了久久长长的关于心灵的美丽思绪。

巍巍贺兰山

“南有柳州，北有阿拉善”。作为唯一的“中国观赏石之城”，阿拉善因戈壁奇石而名扬海外。旷野奇石为秘境阿拉善增添了不尽的神秘和异彩。阿拉善奇石分玛瑙石、木化石、戈壁石、水晶石等，奇石以质、色、形、纹、韵而独领风骚。不少巧夺天工的奇石成为人间珍品。当你凝望那浑然天成的石头时，你会读出它的生命和情感，会感觉到它在向你诉说远古的奇遇、美丽的故事。目前，阿拉善盟有近万人从事奇石产业，每年成交价值达数亿元。

古灵精怪的奇石

阿拉善人从大自然中获取了无与伦比的灵性与厚重。不论是七彩梦幻峡谷、红墩子大峡谷和海参础鲁怪石林，苍凉凄丽的怪树林，还是浩瀚深远的荒漠戈壁，雄浑的自然景观为形成和塑造阿拉善的人文品格提供了养分和参照，那种乐观豁达、朴实进取的品格也印烙在阿拉善人的举止之间和灵魂深处。

徜徉在阿拉善绵延涌动的历史长河里，就能够体味得到这块秘境高原的悠远、深邃与厚重。阿拉善盟历史上是由阿拉善地区和额济纳地区组成。额济纳地区，先秦时被称为“弱水流沙”，秦汉以后被称为“居延”。元统一中国后，于1286年在居延设立“亦集乃路总管府”。额济纳由“亦集乃”变音而成，系西夏党项族语，意译即“黑水”。

大自然的鬼斧神工

阿拉善作为祖国版图的一部分，经历和见证了中华民族上下五千年的风风雨雨。文明古国在各个历史时期的世事变迁都通过各种方式印刻在阿拉善的山川原野。你可以想象，当汉武帝挥军18万屯兵居延河畔、60万亩土地收获在即的场景是何等的壮观！正是出于拓疆戍边、卫国通商的战略考虑，西汉屯兵制度使阿拉善较早地接受了黄河文化的洗礼，阿拉善也由此进入了经济文化最初的繁荣时代。这可以从堪称国宝的“居延汉简”中得到全部而忠实的印证。

坚韧不拔的阿拉善精神

土尔扈特东归——“向着太阳升起的东方”的伟大壮举，惊天地、泣鬼神。18世纪中叶，几经迁徙，原已定居伏尔加河下游的漠西厄鲁特蒙古部落的一支——土尔扈特部，不堪忍受沙俄的残酷奴役压迫，义无反顾地踏上返回祖国的艰难历程。经过8个月的浴血奋战，10万华夏子孙永远留在了回家的路上。当所剩的7万人真切地拥入母亲怀抱的时候，我相信任何一个人都会用自己滚烫的泪水为拳拳游子洗去一路风尘和满身血迹。东归英雄用生命与信念谱写了人类历史上最为悲情的史诗，它再一次证明了中华民族伟大的向心力和凝聚力。令人万分感慨的是，这种精神在20世纪50年代又一次被彰显：阿拉善人为响应国家发展战略武器和航天事业的重大决策，深明大

千年飞天圆梦

义，主动徙移人畜和旗址，将4万平方公里土地包括最好的草场腾让出来，为国防事业作出了巨大牺牲。东风航天人也是凭借这种精神，开创了祖国航天史上一个又一个人间奇迹，实现了中华民族的千年飞天梦想。

阿拉善的历史处处与至上的国家利益和荣誉紧紧相连。明清时期，阿拉善王爷及其臣民曾数次跨马疆场，为国家稳定、边疆安宁立过汗马功劳。康熙三十六年（公元1697年）清朝将和罗理部按照内蒙古49旗之例编制佐领，册封和罗理为多罗贝勒，授扎萨克印，正式建立阿拉善和硕特旗。和罗理之子阿宝率军讨伐各地叛乱有功，康熙皇帝将女儿和硕公主许配阿宝为妻，阿拉善王爷作为满清驸马和王爷爵位世袭罔替的历史由此开始。其后，共有12位满清皇室宗亲的公主许嫁阿拉善历代亲王，历经八代九王。这种姻亲关系延续了200多年。该旗也因此正式加入皇亲国戚之列，且在清朝和民国、国民党时期分别直属中央理藩院和蒙藏委员会管辖。其辖域面积居各旗之首，其地位显而易见。雍正八年（1730年），满清在贺兰山西麓10里处修建定远营城（今巴彦浩特），赐予和硕特阿宝郡王。这座边陲名城承接了皇家文化的熏陶和辐射，由昔日商贾云集、文化兴盛的繁华之地成为今天阿拉善盟政治经济文化的中心。值得一提的是：按照《大清会典》关于郡王府建造等级规格，阿拉善王爷依照颐和园风格在定远营兴建了王府和寺庙，又仿照京城四合院的布局结构修建了住宅和庭院，并逐步形成了具有一定规模、极具特色的建筑群落。

新中国成立后，阿拉善地区行政区划几经变更。20世纪50年代至20世纪80年代阿拉善旗、额济纳旗曾先后划归宁夏、甘肃管辖

浓厚的宗教气息

（其中，1961年，阿拉善旗划分为阿拉善左旗和阿拉善右旗）。1980年成立阿拉善盟。现在，阿拉善已成为全区发展势头较为强劲的地区之一。

沐浴在阿拉善底蕴深厚的文化氛围中，就能够领略得到这块激情高原的魅力、卓越与灿烂。阿拉善的文化博大厚重。在其形成和发展过程中，真正体现了既注重博采众长、兼收并蓄，又保持鲜明个性、发挥自身优势的特色，体现了中华文化“一体多元”的基本特征。诚然，草原、战争、黄河、贺兰山、通婚和移民等因素在阿拉善文化形成和传扬过程中发挥了决定性作用。同时，蒙古高原、河西走廊、河套平原、宁夏平原以及关中平原的地域文化又成为不可或缺的影响因素。而真正造就阿拉善文化的还在于传统游牧文化、早期农耕文化、自然宗教文化、满清皇家文化、商业和城镇文化以及航天高科技文明的交融与整合。

“西夏学”、“居延汉简”和“丝绸之路”当属最具代表性和影响力的文化现象。20世纪初叶，俄国探险家柯兹洛夫在额济纳黑城盗掘大量的西夏文和汉、藏、突厥、女真、蒙古、叙利文等书籍与文献，唾骂声息，“西夏学”由此诞生。作为“20世纪东方文明的四大发现”，“居延汉简”与殷墟、甲骨文、敦煌遗书一道丰富了中华文明的宝库。“居延汉简”书写时间跨度达270多年，是研究汉朝政治、军事、经济、文化、民族、宗教、外交等的重要史料，具有不可替代的学术价值，“简牍学”随即出炉。在历史发展的悠悠岁月里，中原与边疆、国内与境外的各族人民在友好往来、经贸交往和文化融合中，形成了纵横东西、横贯南北、连接西域的草原“丝绸之路”。居延是这条通道的枢纽，黑城便是重要关隘。“丝绸之路”不仅打通了中原与西亚、东欧的经济文化交流的渠道，更使得阿拉善地区在更宽的领域和更大范围内汲取了各种先进思想文化的养分，增加了自身文化积淀，开启了坚实发展的端倪。

悠久的历史古城堡——黑城

丰富的民族文化

当你围坐在炊烟袅袅的毡包，豪饮驼奶酒，品尝纯美的烤全羊时，你会被来自阿拉善高原那种聚合天地之灵气的委婉而凝重的阿拉善蒙古长调所吸引、感动和惊诧。你能感受得到那是一种天籁之音。你能够从中体会到阿拉善的真正魅力，这就是阿拉善人用歌声表达出的宽广胸怀和浓烈真情。奇异的呼麦表演会使你对人的发声潜能和音乐的独特魅力产生不尽遐思。伴随那奇妙无比的音律，你会感到自己心在飞翔，苍天并不遥远。传神的舞蹈、沙画和传说以及丰姿卓绝的服饰等民族民间艺术，展现了这块特殊地域上的丰厚瑰宝与阿拉善人的独特魅力，提升了阿拉善艺术长廊的品位。颇具特色的走马、摔跤、赛驼等体育文娱活动又复制着昔日游牧生活的风采。

阿拉善宗教文化博大精深，堪称奇葩。一代宗师阿旺丹德尔精通蒙文、藏文和古梵文，集蒙、藏语法家、辞学家、翻译家、文学家和宗教哲学家为一身，其卓越才识和超人建树使阿拉善宗教文化和蒙古语言文学的发展步入世界水平。作为蒙藏文化事业的先驱和阿拉善300年来最具影响力的历史文化名人，阿旺丹德尔是阿拉善历史上获得西藏经学院最高学衔拉隆巴（博士）的第一人。他一生用蒙藏两种文字著述40余部著作，论述精辟，影响深远。六世达赖仓央嘉措是阿拉善文化的优秀传播者，在蒙藏政治史、宗教史和文学史上占有十分重要的地位。作为杰出诗人仓央嘉措更留给后人不尽遐思。至今，在贺兰山深处的晨曦中，我们仿佛都能听到他吟诵长诗的声音。

海纳百川，阿拉善人的心空寥廓苍茫。自西汉始至新中国成立前后，随内地大规模移民，这里聚集了来自大江南北的诸多文化元素。当音仄迥异、语调鲜明、丰富多彩的方言在你耳边响起的时候，你就知道阿拉善这片热土多姿多彩的缘由。作为极其特殊的文化现象，阿拉善蒙古族穆斯林便是多民族相容共生的最好证明。尤其是由于长期共同的生活生产，各民族间血乳交融，亲如手足，为民族团结和民族文化的传承搭建起稳固的载体。这里到处盛开着各民族“谁也离不开谁”的娇艳花朵。

海纳百川的胸怀

行进在阿拉善强势发展的崭新时代，就能够感悟得到这块富饶高原的底气、生机与活力。昔日，几乎所有到过阿拉善的人们都会发出如此相似的惊叹：能够在这里生活和工作着就是人间奇迹！地处偏域特别是恶劣的生存与发展环境，使阿拉善人过多过久地领略了生命的无上崇高以及生存和发展的艰辛，更过久过深地承受和应对了脆弱生态环境以及生命极限的挑战。这些源于大自然的回馈和锤炼，从一开始就融入了阿拉善人的骨血，铸就了阿拉善人坚韧、乐观、豁达的地域性格与民族品质。而今，阿拉善人正是凭借这种坚毅品质和精神力量戍边守土、建设美好家园，丰富了草原文明的内涵，极大地提升了竞争和发展的能力。从20世纪在戈壁荒漠里建立的中国最早且机械化程度最高的现代盐场到漫水滩、孪井滩的开发建设，从全区工业园区十强之一的阿拉善经济开发区到东风航天城，无不印证和体现着阿拉善人坚韧不拔的勇气、大胆创新的气魄和勤勉奋进的毅力。

茫茫戈壁

和谐迷人的梦幻家园

特别是近年来，阿拉善盟不断创新和完善思路，着力夯实发展基础、做强优势产业、统筹城乡发展、实干富民强盟，全盟连续十年保持高速增长和高位运行，旗域经济突飞猛进，呈现并巩固了经济快速发展、社会文明进步、民族团结和睦、边疆长治久安的大好局面。全盟生产总值由1980年的0.56亿元跃升为2008年的182亿元，地方财政收入由1980年的0.09亿元上升为2008年的25.3亿元，人均位居全区前列。阿拉善盟从30年前全区经济社会最落后的地区之一，发展成为经济社会各项事业居全区中等偏上水平的地区。这便是阿拉善人用心血与智慧铭刻和矗立在祖国西部大地上的永久丰碑，是阿拉善精神的真实写照。

城镇面貌和人的精神状态是解读一个地区的重要窗口。近些年来，阿拉善盟以从未有过的胆识，大气魄、大手笔建设城镇。一个民族特色鲜明、功能不断完善、华灯流光溢彩的鲜活城镇正在成长。一座座楼宇如雨后春笋拔地而起，一处处游园、广场，一片片绿地装点着和谐家园。“塞外小北京”绽放着这个时代应有的青春光彩和迷人风韵，呈现出一派现代城镇气度与安乐祥和的氛围。当晨曦抹过贺兰山山巅，你还会循着秧歌与舞蹈的节奏，看到一群群追求太阳的晨练者。从他们安逸静谧的眼神和流动的肢体中，不难品味出阳光的味道和健康生活的气息，不难看出写在人们脸上和心里的踏实、自信与梦想。

“走进阿拉善，就走不出阿拉善！”

在人们的心灵深处——

阿拉善永远是一片奇妙非常、特色鲜明的地方；

阿拉善的色彩、美丽永远令人神往……

# 阿拉善组诗

谭景峰诗歌选

## 多彩的阿拉善

你的曲线如此柔美
你的色彩如此明艳
你的气势如此恢弘
你的神情如此眷恋
你就是多彩的阿拉善
一片五色斑斓的地方

你用忠诚驻守北疆
你用美丽飘洒高原
你用宽广点燃生命
你用执著畅想明天
你就是多彩的阿拉善
一片五色斑斓的地方

你是我追寻的梦境
你是我铭刻的记忆
你是我真情的色彩
你是我骄傲的光环
你就是多彩的阿拉善
一片五色斑斓的地方

# 美丽的巴丹吉林

美丽的巴丹吉林
细雨孕育着柔美肌肤
微风描绘着优美曲线
巴丹归来不看沙
吉林归来不看湖
啊！美丽的巴丹吉林

美丽的巴丹吉林
沙山倒映蓝蓝的湖水
珠峰耸入高高的云天
巴丹归来不看沙
吉林归来不看湖
啊！美丽的巴丹吉林

美丽的巴丹吉林
沙湖映衬着蓝天白云
响泉荡漾着生命年轮
巴丹归来不看沙
吉林归来不看湖
啊！美丽的巴丹吉林

美丽的巴丹吉林
驼铃迎着朝霞声声去
牧歌和着晚霞渐渐来
巴丹归来不看沙
吉林归来不看湖
啊！美丽的巴丹吉林

## 神奇的腾格里

百湖是你的明珠
像天女散花
装扮金色的容颜
融入浩瀚的躯体
啊！腾格里
你是苍天缔造的神奇

千里是你的英姿
像舞女翩跹
身着金色的绸裙
舒展着你的涟漪
啊！腾格里
你是苍天缔造的神奇

万年是你的芳龄
像仙女下凡
发出金色的光芒
闪烁着你的今昔
啊！腾格里
你是苍天缔造的神奇

## 富饶的乌兰布和

东边有良田千顷
黄河水滋润着绿油油的禾苗
勤劳的阿拉善人开垦着
啊！富饶的乌兰布和
你是我心中的春天

西边有盐田百里
碧波下结晶着银闪闪的湖盐
勤劳的阿拉善人开发着
啊！富饶的乌兰布和
你是我希望的风帆

南边有煤田亿计
贺兰山蕴藏着黑油油的乌金
勤劳的阿拉善人开采着
啊！富饶的乌兰布和
你是我动力的源泉

北边有原野万亩
草原上牧养着金灿灿的驼群
勤劳的阿拉善人开拓着
啊！富饶的乌兰布和
你是我梦中的家园

# 漫步胡杨林

漫步胡杨林
看色彩，如雾如烟
是一片澎湃的海洋
那绚烂的金黄
把美丽渲染得至纯至真

漫步胡杨林
看品格，超凡脱俗
是一曲不朽的赞歌
那不屈的傲骨
把生命发挥到至远至深

漫步胡杨林
看弱水，如诗如画
是一幅梦幻的长卷
那斑斓的倒影
把风姿镶嵌在明镜水面

漫步胡杨林
看神树，洋洋洒洒
是一簇参天的族群
那繁茂的枝叶
把迷人的雄姿洒向天际

## 登上贺兰山

登上贺兰山
沐浴在花草的清香中
那多姿的绿草
那芬芳的野花
那茂密的森林
宛如一幅迷人的画卷

登上贺兰山
观赏着神秘的岩画群
那奇妙的构图
那简洁的笔法
那粗犷的造型
宛如一座艺术长廊

登上贺兰山
聆听着山中的合奏曲
那阵阵的松涛
那潺潺的溪流
那欢畅的岩羊

宛如一曲动听的乐章

登上贺兰山
驻足在高耸的主峰上
那湛蓝的天空
那险峻的山峦
那雄伟的气势
宛如一道天然屏障

## 放歌巴彦浩特

岁月为我们见证
带着远古的脚步
带着皇家的记忆
带着牧人的追求
历史悠久的巴彦浩特
已走过昨天的沧桑

流年使我们感悟
带着原野的芬芳
带着牧歌的旋律
带着华灯的溢彩
日新月异的巴彦浩特
又迎来今天的巨变

未来给我们信念
带着希望的构想
带着美好的憧憬
带着发展的蓝图
继往开来的巴彦浩特
正迎接明天的辉煌

# 附录

## 读《大漠纪行》有感

温智慧

文学是诸多艺术门类中的一种，甭管是哪种艺术或者流派，艺术所要表现和呈现的无非是艺术家对美的审视，对美的理解、追求、思考、表达，无非是表现真、善的形式。

文学的叙说和综合思考以及探究，是其他门类艺术所不及的，文学所表现的艺术价值和艺术影响力也是不言而喻的。

我读《阿拉善文学》2008年第1、2期合刊上发表的谭景峰的《大漠纪行》一文，被文章行文手法的洗练与格局、文学的把握及功力的熟稔而深深地折服。

思索了许久，总觉得应该把对该文章的学习、收获和感想写出来，与大家分享、交流才对。又因为我在读谭景峰此篇文章之前，已经拜读了他的多篇作品。

读《大漠纪行》，不仅读到了文学享受，也读到了文学以外的高远。单说这个题目，意蕴着一个大的愿景、大的包容、大的域界，给人以非常壮阔的情思、久远的向往。

在这里，又想到一个读文章写心得以外的问题。曾经有报道称陕西有诸多官员作家，媒体对这一文化现象争论了很长一段日子。写作是思考的行为，文学是思考的产物。官员位高权重，怕的是不会思考、不去思考，怕的是思考中没有向善取向、至美追求的单纯思考。陕西是一个历史文化深厚且博大的省份，出来几多官员作家，说明了什么呢？一个地区有一个善于观察、思考、提炼、总结的政要集体，是这个地区发展的幸事，是这个地区人民的福泽，更是这个地区文化发达的必然。一个没有文化的地区无疑是荒蛮愚昧落后的属地。

读《大漠纪行》，读到了责任，读到了义务，也读到了为人民服务。下基层考察民生，是领导的作为，不仅要带着头脑，也要带着眼睛；不仅要了解地区的闭塞落后，也要欣赏自然的赐予；不仅要访疾问苦，也要与民同乐；不仅要体验大漠的生态败笔，也要体验绿洲的盎然生机；不仅要带上职务的严肃，也要展现亲民的和蔼。在文章中，我读到了大漠深处的光明，也读到了即将腾飞的未来。走在基层、走在大漠的深处，字里行间，不单纯夸赞的是自然风光的旖旎，晴空和好的蔚蓝。文章的内涵里，寄寓了"科学发展观"的落实与崇高的人文情怀。

读《大漠纪行》，读到了亲切，读到了领导对大漠的体验，读到了文学铺陈的意境。"……沙漠深处有人家，一片水面、一户人家、一群羊、一群骆驼、一个太阳能蓄电池板、一个电视卫星接收天线，牧人们过着路不拾遗、夜不闭户、无忧无虑，既原始又现代的生活，悠然自得，其乐融融"。这是一个简练的文学素描，呈现给读者的却是一个完整的写意，放开联想，置身其中。

沙漠午餐，沙子洗碗，一起动手，一起分享。这鲜活的文学镜头留给读者一个多么巨大的想象空间哟！沙子洗碗，干干净净，一尘不染。没有沙漠生活经历的人，怎不愕然。文字把生活的立体拍摄成平面的影像，让人流连。

读《大漠纪行》，读到了丰富。文章里的一些数据，譬如，坐标、面积、高度、里程乃至多少户牧民……展现给读者的享受不仅体现在数据的精准，而且体现在为文者知识修养层面所折射的文学质感；文章里的一些词素，譬如，高、险、陡、峻，奇峰、鸣沙、湖泊、神泉……大漠不是想象中的孤独，那里也是地貌的万千、异彩的纷呈、繁杂的抽象统统具象在作家丰富的笔端。

读《大漠纪行》，读到了美幻的文学描摹。“……诺尔图沙峰与诺尔图湖沙水相连，水沙相映，天水一色。湖的周围，沙山层峦叠嶂，连绵起伏。若从峰顶俯瞰诺尔图湖，沙山、苇草倒影在湖水中，交相辉映，让你难以分出哪里是水，哪里是沙，哪里是天。沙峰、湖水、蓝天融为一体，景观独特，景色壮美。”世界不缺少美，缺少的是发现美的眼睛、承载美的心田、享受美的思维。文章就是这样把美流泻给读者的，这是文学对美学把握的能力。

读《大漠纪行》，读到了文化。……大漠野餐、露天宿营、湖边自助，观星赏月、游览沙漠原生态湖泊，寻找沙漠金字塔……这无疑是文学形式的旅游文化倡议。阿拉善神秘旷远，有多少鲜为人知的原生态旅游资源，好多景观就在文章某一个段落里张扬它的秀美……因黄河水灌溉而呈现出一派河套田园风光，这里田成方、林成网、渠成系、路相通。一片郁郁葱葱、生机盎然……玉米乐开了嘴，油葵笑弯了腰……一幅丰饶的田园美景妖娆在作家的文学丛林，昭示的不正是农业文化的本原吗？化肥、冶金、化工、建材工业化的蓝图腾飞属于阿拉善的工业文化的文明。

读《大漠纪行》，感知了诸多美学属性，当然也学习了很多文学技法。文章结构严谨，法度咸宜，张弛适度，收缄自然。文学白描的功力厚道，速写的技巧干练，详略有致，错落无痕。

书写的架构合理，不偏不倚。三条支干，一个主导，无数花絮。繁中见简约，散而不失偏。很好地突出中心，巧妙地驾驭主题。

只有文章的积极取向高，文章的美学角度奇，文章的生命能量才强。《大漠纪行》符合文学所追求的表达和文学元素的共鸣，读者在文章外，身心却融进文章之中，随着文字的行进而进行着联想，体会着作家的文学体验。

特别在文章的小标题中要体会几个词的妙用，纵越巴丹吉林，横跨腾格里，环绕乌兰布和。纵越的激昂，横跨的豪迈，环绕的舒畅，把辞藻指挥得如“庖丁解牛”一样“游刃有余”。眼睛行走在这样的字里行间，谁能说这不是享受，又怎么不来分享呢？

再看作家在每走完一个沙漠，就会抒发自己的文学感言。

纵越巴丹吉林，一丝丝失落油然而生，一丝丝留恋随之而来。这里是世界最美的沙漠，这里有世界最美的沙湖；这里是上帝描绘的曲线，这里有苍天缔造的神奇。看着这样的句子，我的心早已飞远，飞远……

横跨腾格里，回眸大漠，感慨万千……腾格里，你是大自然的骄子，月亮湖，你是腾格里的明珠。多么豪迈！句子张扬了腾格里的恢弘，写意里彰显的却是作家浪漫的诗心。

环绕乌兰布和，你有天然湖泊的璀璨，你有大漠日出的神韵，你有沙海驼影的梦幻，你有田园风光的生气，你聚焦着大自然的恩赐……一口气的排比，吐纳余后的舒缓，不得形容。……东田，西盐，南煤，北牧……就是这一组镜头，乌兰布和早已在我心中。这组镜头有着一个领导的文学胸怀，领导者的经济瞩望与战略前奏，作家没有写尽。余下的留白，可以让读者任意填充飞翔的想象。

文学创作是思考的能力、观察的能力、审美的能力，只有具备这些文学的素质，文章才会引人入目。

一位领导有一个高品位的修养、文化追求、艺术表达，是不可多得的能力。艺术来源于生活，高于生活。艺术的表达或者表现要符合贴近生活、贴近实际、贴近群众的原则，只有在这样的作品中，读者才能品尝“鲜活”，体味“生动”，感受“身边的感动”，这样的作品才具有生命力。领导的向善、至美、纵深、高层次、多视角的思考和高远的战略谋划，无疑是地区发展的感召和动力。

写沙漠的文章不少，这样写的不多见。对沙漠的全面

（宏观）观察和细节（微观）的细致观察，都是细腻的，能够写好沙漠的某一点，某一个侧面，某一个景，已属不易，全面地描写沙漠，其难度是难以想象的。

写旅行散文（旅游散文或为游记）是散文里最多的，特别是网络文章中更是如此，这样写的也不多见。把环境、资源、经济、历史、文化、景象、旅游、思考、感受、情怀、文学等元素融合为一体是有难度的。

从《大漠纪行》中不仅仅读到了学习和感受，也读到了阿拉善文化发展、经济腾飞、社会进步、地域文明的福音与快慰。我学习其中的，感受其中的，幸福其中的。

最后，我同大家的分享，才是真正的表达。

（原文载于《阿拉善文学》2008年1、2期合刊）

# 全景阿拉善的壮丽长卷

## ——读谭景峰散文漫笔

刘树林

中共阿拉善盟委委员、组织部长谭景峰同志到阿拉善工作五年来陆续发表了《纵越巴丹吉林》、《横跨腾格里》、《环绕乌兰布和》、《走进贺兰山》、《漫步胡杨林》等阿拉善系列散文。这一篇篇散文像花，一枝枝、一簇簇、一片片，姹紫嫣红、争芳斗艳，汇成了美不胜收、令人目不暇接的全景阿拉善壮美画卷，受到社会广泛关注和一致的好评。

我读谭景峰的阿拉善系列散文，仿佛看着一幅气势恢弘的全景：阿拉善壮丽长卷——阿拉善的地理地貌、生态资源……阿拉善的旅游业、农牧业、矿产业、工业、林业……阿拉善的风俗、风情、风景……应有尽有、一览无余，令人赏心悦目、激动不已、赞叹不已。萌生了不吐不快的强烈愿望，但我这语文教师只会“纸上谈兵”，自己写不出这样的精品力作，岂敢妄加评论。好在我们是朋友，就抛却忐忑不安，实事求是、畅所欲言、有感而发吧。

一

谭景峰同志是内蒙古作家协会会员，他是领导，也是作家。谭景峰同志1961年9月出生，获华中科技大学硕士学位。他从参加工作以来，就长期从事领导工作。历任公社团委书记、县团委书记、镇党委书记、副县长、县委副书记、县长等职，2004年9月调任中共阿拉善盟委委员、政法委书记。由于他长期从事领导工作的经历和勤奋好学、勤于思考，使他在经济、管理等诸多学科理论研究上造诣颇深。他不仅在《兴安日报》、《阿拉善日报》、《内蒙古日报》、《实践》、《党的教育》、《半月谈》、《中国改革与实践》上发表了许多论文，而且还由中国青年出版社、内蒙古人民出版社分别出版了《实践与探索》、《发展战略研究》两本专著。他还主编了《充满希望的突泉》、《政法与和谐》、《走进精神家园》等书。

谭景峰同志不仅在理论上造诣颇深，硕果累累，而且在文学创作上也才华出众，笔耕不辍，作品颇丰。他在繁忙的工作之余，根据自己日记记载的所见所闻所感创作了大量的散文、杂文、随笔等作品发表在《兴安日报》、《阿拉善日报》、《内蒙古日报》、《鹿鸣》、《草原》等报纸、杂志上。2009年，谭景峰发表的《大漠纪行》（包括《纵越巴丹吉林》、《横跨腾格里》、《环绕乌兰布和》）就是他2004年来阿拉善盟后的代表作之一。这是三篇精品力作，也是他“山一重、沙一程、身向大漠行”认真考察的心血结晶，是他长期写日记的水到渠成的自然，是他日积月累、厚积薄发的宠儿，是他情感涌动的不可遏制的喷发。

二

《大漠纪行》给我们描绘了阿拉善巴丹吉林、腾格里、乌兰布和三大沙漠的全貌，展现了它们广袤、旷远、壮阔、幽静、神秘、富饶之美，是一幅不可多得的三大沙漠的壮丽长卷。读着《大漠纪行》仿佛是看着电视专题片，随着镜头的切换，一步步走进三大沙漠，领略着独特的大漠风光和浓郁的阿拉善风俗、风情。另外，作者是领导，高瞻远瞩，因此，《大漠纪行》及《走进贺兰山》、《漫步胡杨林》等散文从“生态的视角”、“艺术的视角”、“经济的视角”，全方位描写了阿拉善的全景、全貌。不但写出了秘境阿拉善作为国家沙漠地质公园的旅游资源，而且对阿拉善农牧业、盐化工、煤炭、生态等描写、叙述简直就是谭景峰对他的阿拉善盟《发展战略研究》专著的文学诠释，可以看出他澎湃激情萌生的强烈危机感、责任感和紧迫感。散文中蕴涵着“推进新型工业化”（《环绕乌兰布和》中殷殷地期望“吉兰泰盐化集团不断延伸盐化工产业链条，发展循环经济”）、“推进对外开放”（《纵越巴丹吉林》中“北京来投资合作，搞旅游开发”）、“加强环境保护”（《走进贺兰山》中大声疾呼“贺兰山是巴彦浩特的母亲山”）、“加强矿产资源开发和管理”（《环绕乌兰布和》、《走进贺兰山》中煤田矿区的描述）。作者博大的胸怀、深邃的思想、巧妙的构思、严谨的表述……独具匠心，令人耳目一新，不由自主地拍案叫绝。

（一）“文如其人”，千真万确。读谭景峰的散文能在字里行间中感受到他对阿拉善山山水水的挚爱。他的性格、工作作风也跃然纸上……从散文中，能读懂他人格的魅力、性格的内涵、思想的深邃、思维的敏捷、逻辑的严密……

乡音似酒醉人心，我和谭景峰认识并交往是他在2004年来阿拉善盟工作之后，邂逅相遇，一见如故，但对他的知晓是他在我老家当“父母官”期间。家乡的百姓对他几乎是有口皆碑、赞不绝口——谭县长廉洁奉公、豪爽刚正又不失温文尔雅、虚怀若谷、平易近人；工作上雷厉风行、踏踏实实……这些性格特点在他的散文中都充分表现了出来。

题目是文章的眼睛，他的散文文题就表现了上述特点。“纵越”、“横跨”、“环绕”、“走进”、“漫步”不同动作的动词，生动准确、率直大气，带上名词“巴丹吉林”、“腾格里”、“乌兰布和”、“贺兰山”、“胡杨林”组成动宾词组，大气磅礴，为散文锦上添花，有让三大沙漠驰于足下的气吞山河之势，有用坚强的臂膀擎起阿拉善脊梁的凌云壮志，有“一览众沙小”的大无畏气概。这俨然是他性格的写照。

《大漠纪行》中对三大沙漠的概述：面积××平方公里、高度××米、湖泊××个、景点××个，资源多少、开发前景……追根溯源、如数家珍、言之凿凿、斩钉截铁，足见他强记博学、勤奋好学的性格特点。从散文中也能看出谭景峰的工作作风。《纵越巴丹吉林》中，“清晨，我们从阿拉善右旗额肯呼都格镇出发”，“不到一个小时，就已来到巴丹吉林边缘”，“我们继续北上，访问了几家牧户……”，“正午时分……”，“夕阳西下的时候……”，“晚霞映照下的巴丹吉林一片金色……”，风尘仆仆、风餐露宿、星夜兼程，这就是他的工作作风。据谭景峰介绍，在他来阿拉善盟工作三个月的时间里，基本上走遍了全盟苏木（镇）以上各地方及限额以上各企业和他分管的政法系统各基层法庭、公安派出所、司法所、武警、消防部队等。他说：“在行动中了解，在了解中解惑，边调查、边思考、边研究、边指导我所分管的工作。”正是这样深入实际、深入基层，他用积累的大量素材，厚积薄发才创作出像《大漠纪行》这样的精品力作。

（二）谭景峰的散文线索清晰、结构严谨、连贯自如。谭景峰的散文大都以“时间推移”、“地点变换”或“时间推移”和“地点变换”交织在一起为结构线索，统领全篇的。

《走进贺兰山》以“地点变换”为结构线索：从“三关”始，走进“大山深处”，“步入广宗寺（南寺）”，联想到福音寺（北寺），想起北寺以东的贺兰山煤田矿产——无烟煤、烟煤、焦煤、气煤、肥煤等。“走出广宗寺”，“看到岩画”，再到“贺兰山口——古代岩画富集之地，文化积淀丰富的古村落所在地”。散文随着地点的变换，层层推进，揭开了贺兰山千年黄尘古道下的历史，并连缀起了贺兰山的现实和未来，精彩纷呈，俨然是一部文化源远流长的贺兰山历史教科书，一幅充满神韵的贺兰山全景图。

《横跨腾格里》以“时间推移”为结构线索：“上午9时”、“中午时分”、“晚霞映照连绵的沙川”、“第二天清晨”……时间的推移连缀起了横跨腾格里沙漠的行程，也连缀起了沙山、湖泊与苏木、嘎查的自然与人文，连缀起了大漠孤烟与长河落日的温柔曲线和斑斓色彩，也连缀起了历史和现实的古老文明与现代进步，这样信手拈来、挥洒自如。

《环绕乌兰布和》是“时间推移”与“地点变换”两条结构线索并行、交错，这里就不再详述了。

谭景峰的散文将“时间推移”、“地点变换”这布局谋篇的结构方法运用得炉火纯青、随心所欲、一线穿珠，将所见、所闻、所感、所想连缀起来，和谐自然，全文浑然一体，天衣无缝，形散意不散。全文像一条珍珠项链，这条结构主线上的珍珠放射出数点璀璨夺目的光彩，叫人目不暇接、叹为观止，不得不为作者的独具匠心和娴熟的技巧所折服。

（三）我读到的写秘境阿拉善的散文大多是从一个侧面、某个角度或某个景点写起，而谭景峰的散文全是描写对象的全貌，这是他散文的又一个显著特点。

《大漠纪行》描绘了三大沙漠的全貌，展现了立体式全景。《大漠纪行》和《走进贺兰山》、《漫步胡杨林》等散文组合起来就是阿拉善的全貌和立体式全景。下面我们就欣赏一下《环绕乌兰布和》中描写的乌兰布和沙漠全景：位置——东临黄河、西濒吉兰泰、南抵贺兰山、北接阴山，面积——近1万平方公里，相对高度——10米到100米，地貌——新月形固定、半固定沙丘，湖盆36处，咸水湖、淡水湖167个。吉兰泰“有着面积达61.82平方公里资源储量近1亿吨的大盐湖”，“是中国第一家机械化采盐场”，“年产盐能力超过100万吨”。“我们一行沿着盐湖，环绕着大漠北上，渐渐进入了阿左旗东北部牧区——可利用草场1万多亩，生长着甘草、花棒、麻黄、锁阳、沙棘、梭梭等多种珍稀植物和名贵药材。已查明的种子植物53科160属302种，这里饲养牛羊40多万头（只），骆驼8000多峰。”这里也是野生动物繁衍栖息之地，“主要有青羊、黄羊、盘羊、金雕、野雉、白鹤等陆地野生脊椎动物96种，其中国家重点保护的野生动物22种。”“第二天清晨，跨越黄河浮桥，来到黄灌区巴音木仁。”“下午，我们两度跨越黄河，经过乌斯太工业园区，进入贺兰山煤田矿区——煤炭矿业地有27处，蕴藏煤炭资源储量13亿吨。这里丰富宝贵的煤炭资源已成为阿拉善强盟富民、经济腾飞的重要产业支柱。”作者将生态环境、农牧业区、工业园区、盐化工区、煤炭矿区等分散的、不关联的事物，像电影中的一个个分镜头在他的散文中汇集在一起，构成了和谐统一的画面——乌兰布和全貌。其他散文亦如此，就不再一一列举、赘述了。

谭景峰的散文汇集起来不仅构成了阿拉善的全貌，而且作者站在经济理论的高度，从经济社会发展的独特角度，站在领导者的高度，以大胆创新和发展的视角，在散文中为阿拉善经济全面协调和可持续发展提出了具有远见卓识的一些新思路、定位和发展方向，蕴涵着丰富的内涵、深厚的底蕴，具有重要的现实意义。

（四）谭景峰的散文篇篇是美文，语言极具特色。首先，在描写阿拉善浓郁的风俗、风情时，多用白描手法，用朴实无华的语言。

如《纵越巴丹吉林》中：“一片水面、一户人家、一群羊、一群骆驼、一个太阳能电池板，一个电视卫星接收天线，牧民们过着路不拾遗、夜不闭户、无忧无虑，既原始又现代的生活，悠闲自得、其乐融融。”前面是数量词加名词组成一组名词短语，描绘出构成巴丹吉林沙漠中牧户简洁明了的一组画面。后面用一串词组、成语概括出巴丹吉林沙漠中牧户的特点。其次，在描写阿拉善景色景观时，又多用词组、成语、骈句，几近诗化的语言，洗练优美。如《纵越巴丹吉林》：“湖水清澈如镜，湖边绿草茵茵，周围芦苇摇曳，野花争芳、水鸟嬉戏，沙山像一道天然屏障，环湖四周。”《走进贺兰山》：“远眺，波涛似的林海，层层叠叠；近看，宝塔形的云杉，郁郁葱葱；脚下，地毯似的草甸，野花点点；山间，奔跑着的岩羊，生机勃勃，一幅原生态的大自然的和谐画面，生动迷人，美不胜收。”这样的句段在谭景峰的散文中俯拾皆是，作者将精彩描写的雍容华贵的美与朴实无华的白描清丽淡雅的美融合在一起，交相辉映、相得益彰。使散文张弛有度、跌宕起伏、高潮迭起，令人叹为观止。

他的散文里见不到直抒胸臆的抒情和画龙点睛式的议论，他将情感都蕴涵在语言描写中了。读他的散文，你能感受到他情感的潮水在字里行间涌动。时而，寥寥数笔，像小溪潺潺流淌，轻歌慢吟；时而，浓墨重彩，如行云流水、气贯长虹……给人以震撼。

三

谭景峰是一位领导，也是一位优秀的作家，阿拉善爱深责切的歌唱者。可以豪不夸张地说，他的系列散文就是一幅仙境般全景中国秘境阿拉善的壮丽长卷，把阿拉善广袤、旷远、壮阔、幽静、神秘、富饶的美表现得淋漓尽致，把阿拉善广阔、美好的发展前景描绘得精彩纷呈，吸引了世人的目光，是宣传阿拉善，让中国、世界了解阿拉善的一本“精美画册”，亦或是一张精致的“新名片”。

我们希望谭景峰能有更好、更多的作品问世，唱响新的“阿拉善你有多少传奇”，为阿拉善经济社会发展推波助澜、锦上添花……

(原文载于2009年4月23日《阿拉善电视报》第3版)

# 大漠文学的新收获
## ——读谭景峰散文集《走进阿拉善》

张继炼

写作是思考的行为，文学是思考的产物。读书、思考、写作是一种高雅的爱好，这种爱好不是一般人所能及，所能为之。

认识景峰之前，先认识了他的文字。作为一名文学杂志的编辑，通过阅读、编辑、校对、探讨他的作品，继而认识了作家本人，又由人而进一步认识了作品。他不到25岁就当了一个县的团委负责人，在做好本职工作的同时，有许多作品开始发表，在《兴安日报》小有影响。特别是他的杂文，针砭时弊，行文犀利，幽默讽刺，有较高的思想性和艺术性。这一时期的散文作品主要有《冬游百里小三峡》、《八景话九龙》等，显示了他的文学创作才华。当然，他的理论文章在《半月谈》、《实践》、《中国市县党政领导月刊》、《内蒙古日报》等上发表，还获得过“五个一工程”奖，充分说明了他是一位勤于读书，善于思考，有建树的人。

2004年，他从兴安盟调往阿拉善工作，且不说从大东北到大西北，生活、工作环境的较大反差，需要一个较强较长的适应过程，在开创工作新局面的同时，不忘写作，且有许多散文作品在《作家报》、《朔方》、《草原》、《内蒙古日报》、《阿拉善文学》、《阿拉善日报》等上发表，引起了积极反响。2009年，他把这些作品结集出版，使我顿生许多感慨。

首先，我被他的勤奋所打动。一个盟市级领导，每天都有纷杂而忙碌的工作和公务活动，时间是很紧的。能挤出时间读书、思考、写作，没有"勤奋"是不可能做到的。景峰同志的写作特点和别人不同之处是喜欢一气呵成。经过一段时间的思考和腹稿后，往往在节假日或双休日的某个不眠之夜，数千字的作品诞生了。当然，这种勤奋也包括深入基层，日常工作的勤奋和善于观察、积累、思考的勤奋，唯有勤奋之人才有成果。这才几年，他已行遍了有着27万平方公里土地面积——辽阔阿拉善的山山水水。跟着他的文章走，你就读出了他的"勤奋"。

其次，我被他对阿拉善的深深挚爱所打动。有着辽阔土地面积的阿拉善，在外人看来是蛮荒之地，而在许多和景峰一样的人眼里是美丽而神秘、神圣的地方，所谓"文学是美学"，所谓"没眼睛的人，只见到荒凉；有眼睛的人，会看见神圣。""……诺尔图沙峰与诺尔图湖沙水相连，水沙相映，天水一色。湖的周围，沙山层峦叠嶂，连绵起伏。若从峰顶俯瞰诺尔图湖，沙山、苇草倒影在湖水中，交相辉映，让你难以分出哪里是水，哪里是沙，哪里是天。沙峰、湖水、蓝天融为一体，景观独特，景色壮美。”《纵越巴丹吉林》这些精美的描写，足以体现他对大自然，对阿拉善特殊的爱。同时把阿拉善的美，把对阿拉善的爱和美的享受展现给了读者。

《走进阿拉善》，显示了景峰的勤学、多思和积累。就贺兰山的面积而言，一般的说法较多，随便选取其中一种写进文章里，就非专业著作的文学作品而言，也是可以的。可他查资料，请教林业专家和贺兰山国家级自然保护区工程技术人员。最后，通过“球积仪”确定了准确的数据。文章里，除了对美丽自然景观的描述外，不乏对所到之处的环境、资源、经济、历史、文化、景象、情怀等生产、生活的描述与思考，对解决一些问题的探讨……

景峰的这些文章应该归类于旅游散文，或者叫游记。随着生活水平的不断提高，参加旅游的人群也越来越多。他们通过摄影机、摄像机，更多的是通过文字记录旅途的所见所闻。所以，我们经常可以看到大量的这样的文章，渐渐地也就淡漠了。著名评论家李敬泽说我国的旅游散文往往是“在路上”，过多地描写了“过程”和“时间”，缺乏感悟与思考。读了景峰的文章，却是另外一番景象。他的文章具有强烈的感染力，作为旅游散文，景峰的视觉是独特的、观察是细腻的、描述是精美的、学识是渊博的、思考是超前的，因此，是值得一读的。他的文章似美妙而智慧的阿拉善导游词，引领你畅游阿拉善的山水风情，读后产生到阿拉善一游的强烈愿望是不足为奇的。无意中景峰成了高明的推销员，这是作者可能不曾预料到的。

让我们随文欣赏阿拉善和景峰的文字吧：

“这些胡杨，或手牵手成片，或一枝独秀向天，高低错落、层层叠叠、斑斑斓斓、漫际天涯，汇成了浩瀚的金色海洋，我们仿佛置身于一片金色的世界。远看，一望无际的胡杨，在蓝天、白云、红日的映衬下金灿灿、光闪闪、亮晶晶；近看，阳光透过茂密的枝叶在地面上洒下斑驳的光影，在静谧的树林中，时光似乎已经凝滞；她那绚烂的金黄，超群的品格，把生命的意义渲染得至纯至净、至深至美。”《漫步胡杨林》

“走进问天阁大厅，墙上两幅动人的壁画吸引了我们一行人的目光。一幅是敦煌莫高窟的飞天图，一幅是九色鹿，两幅壁画都是由敦煌的著名画家王亚玲临摹而成的。在这之前，我有机会参观过中国古代‘飞天’的故乡敦煌，亲眼目睹了莫高窟艺术珍品中那幅寄托着中国人飞向太空梦想的飞天形象壁画。中国人为此想了千年，盼了千年，等了千年，如今‘神舟五号’、‘神舟六号’载人飞船的成功发射，‘神舟七号’航天员的太空潇洒漫步，我们中国人梦想成真了。”《走进航天城》

“远眺，波涛似的林海，层层叠叠；近看，宝塔形的云杉，郁郁葱葱；脚下，地毯似的草甸，野花点点；山间，奔跑着的岩羊，生机勃勃。一幅原生态的大自然和谐画面，生动迷人，美不胜收。”《登上贺兰山》

“茫茫腾格里，宛如一条舞动的巨大沙龙，浩浩荡荡，气势宏伟。沙丘表面好似轻风吹过水面泛起的波纹，沙丘相连则犹如大海的波涛，娇柔的弯月形沙丘链、金字塔式沙山链等诸多沙漠景观，展现了原汁原味的大漠风光，真是雄浑神奇；那由千年风雨哺育而成的千姿百态的沙雕，更是鬼斧神工，令人惊叹不已。”《横跨腾格里》

“登上营盘山，俯瞰巴彦浩特全景，听着朋友的娓娓讲述，让人感受到这座边远小城的大气磅礴和内涵深邃。古时的定远营内连银川，外接漠北，西通新疆，处在朔方保障、沙漠咽喉这样一个西北战略要塞的位置上，是商贸交通的要道……”《感悟巴彦浩特》

“阿拉善奇石是大自然鬼斧神工的杰作，是天地变幻的骄子，有的伴随地壳运动、火山岩流而生，有的经风化水蚀、日蒸月寒而坚，历经亿万年漫长而复杂的过程形成了绚丽多姿的阿拉善奇石。‘涵宇宙之精华，蕴天地之灵性’，是无言的诗、不朽的画、凝固的像。奇石是天物，因其自然形成；是美物，因其色彩斑斓；是稀物，因其一石一面；是宝物，因其物华天宝。每一块奇石都是一个故事、一种情意、一份财富。”《观赏戈壁奇石》

如果用一句话来概括散文的特征，那就是生命性、特色性、社会性、自然性的和谐统一。

所谓生命性，是说文学的终极意义是表现生命，而散文是联系生命最紧密，表现生命最强烈、最直接的一种文体，是作家作为“人”的生命价值的直接体现。所谓特色性，是说张扬个性，抒写自我是散文的一个本质特性，是散文生命的灵魂，缺失这一特性，散文就失去了特点和精彩。在所有的文学体裁和文体中，散文是最个性化的，个性心灵的张力最强，是作家真实个性的舒张飘逸。所以才有了散文写作无比广阔的空间，才有了散文的厚重和吸引力。所谓社会性，是说散文作品无论是对历史的发现与揭示，还是对现实的倾诉和追忆，都是对社会的体现，都具有社会功能，都有理性思索和诗性追求的基本价值，是作家责任感的体现，是作家主体情思的全面浸染。所谓自然性，是说自由随意，无拘无束是散文文本的一大特征，也是最本质的神态。在所有的文体中，散文是最自由随意的，最大优势在于自然潇洒，形散神不散。

我不能说景峰的散文已经完全具备了这“四性”的统一，起码是朝着这一方向在努力，或是在某一“点”、某一“面”、某一“部分”具备了，这就使他的散文有了一个巨大的生存和发展的空间。

# 后 记

文字是有生命和灵性的。我没有想到会用散文写作的形式表达对阿拉善的情怀。但到阿拉善工作五年来，总有一种难以言状的思绪，一种挥之不去的感动，一种按捺不住的激情。每当此时，感觉唯有散文似乎才能抒发心中的情愫。于是就试着写了并陆续发表了几篇，结果也出乎我的意料，总能引起一些读者的共鸣，也得到了不少朋友的关注。此次决定结集出版，也是许多同志和朋友鼓励与支持的结果。

这里还需要说明的，就是随文所附的一组诗作，均是我在工作途中，或在某篇散文收笔但内心依然不能平静那一刻，回放美好瞬间，感悟生活点滴，信笔写来的。这既是我初涉诗歌写作的一组习作，也是发自内心为梦幻高原阿拉善讴歌、喝彩之作。此次编入，是想让读者换个视角了解阿拉善。

世间并不缺少美，缺少的是发现美的眼睛。当你来到阿拉善，置身这金色胡杨的故乡、沙漠珠峰的天堂、神舟飞船的摇篮、丝绸之路的北线、贺兰古道的一端、五彩斑斓的地方，你就会深深地感悟到：世界是神奇的，阿拉善的神奇更是独具特色的。一种源于心灵深处的情感，让人走进阿拉善就走不出阿拉善。为阿拉善创作，精神是博大的，源泉是丰富的，挚爱是永恒的。

这本文集的出版，得到了有关领导的关怀和支持。全国人大常委会原副委员长布赫同志亲笔为本书题写书名，表达了老领导对作者的鼓励和对阿拉善人民的深情厚意。自治区党委副书记、自治区常务副主席任亚平同志，自治区党委常委、统战部长伏来旺同志，阿拉善盟盟委书记王玉明同志分别为本书作序或题词，阿拉善盟盟长鲍常青同志对本书的出版给予了关心和支持。在此谨向各位领导表示真挚的感谢！

在本书的编写过程中，阿拉善盟国土资源局、额济纳胡杨林国家级自然保护区管理局、贺兰山国家级自然保护区管理局、驻军某部政治部等部门提供了翔实的资料；除自己拍摄的照片外，阿拉善盟文联、接待办、驻军某部政治部提供了部分珍贵照片；刘志强、张继炼、王辉、王齐伟、刘树林、云奇、越磊、胡燕、张娉、萨日娜、郭精斌、张金凤等帮助收集、整理了部分资料；经济管理出版社社长张世贤博士给予了大力支持和具体指导，责任编辑勇生主任为本书付梓倾注了大量的心血。在此，一并表示衷心的感谢！

谭景峰

2009年7月1日